Christian Oelemann

Sponki, der Chaosschüler

Mit Bildern von Volker Fredrich

Thienemann

Da sein Vater Buchhändler war, konnte Christian Oelemann sich von klein auf kreuz und quer durch die Kinderliteratur lesen. Sein erster Lieblingsschriftsteller war Michael Ende. Die Liebe zum Buch ist geblieben und heute verdient er mit Büchern sogar seinen Lebensunterhalt – als Buchhändler in Wuppertal und als Autor.

Von Christian Oelemann bei Thienemann u. a. bereits erschienen:

Erich und die Fahrraddiebe
Drei Fälle für Erich
Larry, Jerry und der Taschenclown
Die Wettergang

Oelemann, Christian:
Sponki, der Chaosschüler
ISBN 13: 978 3 522 17856 3
ISBN 10: 3 522 17856 4

Reihengestaltung: Alexander Weiler
Gesamtausstattung: Volker Fredrich
Einbandtypografie: Michael Kimmerle
Schrift: Candida und FFPrater
Satz: KCS GmbH, Buchholz/Hamburg
Reproduktion: immedia 23, Stuttgart,
und Medienfabrik, Möglingen
Druck und Bindung: Friedrich Pustet, Regensburg

5 4 3 2 1* 06 07 08 09

www.thienemann.de

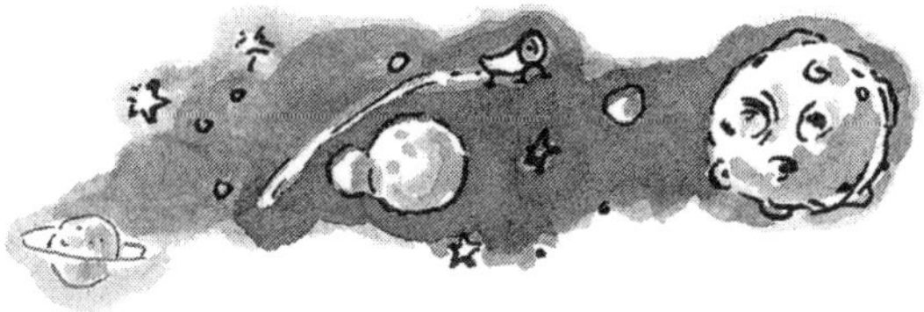

Spion gesucht

Genau an dem Tag, als bei uns auf der Erde die Osterferien begannen, läutete die Königin des Ulysius die große Glocke. Wenn sie das tut, müssen alle Bewohner dieses fernen Planeten zusammenkommen. Und zwar zack, zack. Vor der Königin des Ulysius haben nämlich alle mächtig Respekt. War das ein Gewusel dort oben! Jeder ließ, was er gerade in der Hand hatte, einfach fallen und rannte zum großen Versammlungsplatz vor dem Palast.

Der Ulysius ist ein klitzekleiner Planet, so weit von der Erde entfernt, dass man ihn selbst mit dem besten Fernrohr nicht erkennen kann. Aber auch wenn wir ihn irgendwo im Weltraum entdeckten, könnten wir die Ullis, die dort wohnen, niemals sehen. Sie sind unsichtbar, zumindest für uns Menschen. Sich selbst sehen sie natürlich schon, ist ja klar!

Als an besagtem Tag die Glocke ertönte, schauten alle gespannt auf ihre Königin und lauschten, was sie Wichtiges mitzuteilen hatte.

»Liebe Mit-Ullis!«, begann sie, nachdem sich wirklich auch der Letzte eingefunden hatte. »So kann es, so darf es nicht weitergehen. Unser Vorbild, die Erde, zieht uns davon. Zwar haben wir jetzt unsere wunderbare Papierfabrik, auch mangelt es uns nicht an Stiften. Was aber fangen wir damit an? Die Menschen können lesen und schreiben – wir immer noch nicht! Das muss jetzt anders werden!«

»Was habt Ihr für einen Plan, Majestät?«, erkundigte sich ein alter Ulli, der in der zweiten Reihe stand.

»Ganz einfach«, antwortete die Königin. »Wir werden einen Spion schicken, der sich unter die Menschen mischt und ihnen das Lesen und Schreiben abschaut! Er muss überhaupt alles in Erfahrung bringen, was das Leben auf der Erde von unserem unterscheidet. Mit der Hilfe eines Spions werden wir dazulernen. Und ich verspreche euch, bald schon wird aus unserem dummen Ulysius ein schlauer Planet, der es mit der Erde dreimal aufnehmen kann!«

Klar, dass diese Mitteilung für gehörig Aufregung sorgte.

»Einen Spion? Wie kann das gehen?«, rief einer.

Und ein anderer fragte: »Wie soll denn ein Ulli den Weg zur Erde schaffen?«

Die Königin bat um Ruhe. »Jawohl. Einen Spion. Er wird mit einer Maschine reisen, die mein Chefingenieur kürzlich erfunden hat. Ein Superding! Drei Wochen hat unser Spion für diese Mission Zeit. So lange reicht der Strom für das Raumschiff.«

Großer Aufruhr entstand. Alle quasselten wild durcheinander.

Das gefiel der Königin natürlich nicht. Sie stampfte auf und brüllte: »Ruhe, verflixt noch mal! Was ich brauche, ist ein Freiwilliger. Nun, wer ist bereit für diese schwierige, aber ehrenvolle Aufgabe?«

Eine Stecknadel hätte man fallen hören, so leise war es plötzlich. Niemand hob seine Hand.

»Es soll nicht zu seinem Schaden sein«, fuhr die Königin fort. »Wer diese Aufgabe für mich übernimmt, dem verleihe ich für sein ganzes Leben den Titel eines Professors. Und mit Gold und Silber werde ich ihn überschütten. – Also, Freiwillige vor!«

Immer noch rührte sich nichts. So still war es, dass man das Sprießen der Haare auf der Oberlippe der Königin hören konnte.

»Wenn sich nicht bald jemand freiwillig meldet, bestimme ich einfach, wer es tun muss!«, brüllte die Herrscherin.

Vergebens. Niemand meldete sich. Jeder schaute sich vorsichtig um, ob sich nicht vielleicht irgendwo ein Trottel fände, der die Hand hob und die anderen endlich erlöste. Drei Wochen weg von zu Hause zu sein, dazu hatte wirklich kein Ulli Lust.

Aber plötzlich, kurz bevor der Königin der Geduldsfaden riss, vernahm man eine quäkende Stimme: »Verflixt und zugenäht, so hebe mich doch endlich mal einer hoch, ihr Hirnis!«

Verdutzt sah die Königin, wie sich zwei Ullis in der dritten Reihe bückten und ein drolliges Kerlchen in die Höhe hievten.

Das Kerlchen streckte seine rechte Hand steil in

die Luft. »Professor? Gold und Silber? Ich mache den Job!«, quäkte es.

Viele atmeten erleichtert auf, doch die Königin schüttelte mürrisch den Kopf. »Nein, kein Kind! Die Reise zur Erde ist nicht ganz ungefährlich und außerdem …«

»Nichts außerdem!«, unterbrach der Kleine Ihre Majestät. »Erstens sind es auf der Erde ebenfalls die Kinder, die lesen und schreiben lernen. Zweitens bin ich mutig, jedenfalls mutiger als all die anderen hier. Und drittens wollte ich schon immer Professor werden, weil ich nämlich intelligent bin. Schickt die Dummköpfe hier nach Hause. Ich erledige das schon!«

Die Königin war vom Selbstbewusstsein des Knirpses ziemlich beeindruckt und winkte ihn zu sich ans Rednerpult. »Wie heißt du?«

»Sponkolyzius, Majestät. Aber weil das ein beknackter Name ist, nennen mich alle Sponki!«

Die Königin lächelte, wurde aber sehr schnell wieder ernst. »Was werden denn deine Eltern dazu sagen, wenn du so lange weg bist?«

»Begeistert werden sie sein! Ich gehe ihnen sowieso auf den Geist. Außerdem können sie Gold und Silber dringend brauchen. Wir sind nämlich arme Ullis.«

»Okay«, entschied die Königin. »Wir machen einen Test. Wir schicken dich zum Mond, der um die Erde kreist. Wenn du das gut überstehst, reden wir weiter.«

Am nächsten Morgen fand sich der kleine Ulli zusammen mit seinen Eltern pünktlich vor dem Palast ein. Die waren ganz schön stolz darauf, ihre Königin bei dieser Gelegenheit persönlich kennen zu lernen. Ihre Majestät hatte allerdings verschlafen und kam etwas zu spät. Gemeinsam mit dem Chefingenieur gingen sie zur Raumstation und bestaunten die neue Erfindung.

»Bist du bereit?«, fragte die Königin.

»Aber immer doch«, quäkte Sponki.

»Dann nimm Platz und schnall dich an. In zwei Augenblicken geht die Reise los«, sagte der Chefingenieur.

Es dauerte aber dann doch zehn Minuten, bis die Raumkapsel mit einem lauten Zischen den Ulysius verließ. Natürlich machten sich die Eltern ein wenig Sorgen. Ist ja klar. Und die Königin auch. Aber als Sponki genau drei Tage später an derselben Stelle landete, wo er abgeflogen war, jubelten alle.

»Wie war es auf dem Mond?«, bestürmten sie den kleinen Kerl.

»Todlangweilig!«, quäkte der. »Ist nichts los da.

Kein Schwein weit und breit. Nur Krater und Berge. Wann darf ich endlich auf die Erde?«

Er durfte bald.

Aber vorher hatten seine Eltern noch eine wichtige Frage an die Königin: »Wie soll unser Kind denn lesen und schreiben lernen, wenn es auf der Erde unsichtbar ist? Niemand kann einem Unsichtbaren etwas beibringen!«

»Stimmt«, nickte die Königin. »Daran habe ich noch gar nicht gedacht. Ich werde mich mit meinen Wissenschaftlern beraten. Kommt nach dreimal Schlafen wieder.«

So geschah es.

»Unser Problem ist gelöst«, strahlte Ihre Majestät. »Mein Chefdichter hat einen Zauberspruch erfunden. Damit kann man in den Körper eines Menschen schlüpfen. Voraussetzung ist, dass dieser Mensch einverstanden ist und den Zauberspruch mit dir, Sponki, zusammen spricht. Dabei haltet ihr eure Hände über Kreuz und schüttelt sie.«

»Und dann bin ich in diesen Menschen verwandelt?«, wollte Sponki wissen.

»Genau! Und er ist so lange unsichtbar, bis ihr wieder gemeinsam den Spruch benutzt.«

»Au fein! Dann werde ich mir viele interessante Menschen suchen ...«

»Nichts da!«, unterbrach ihn die Königin. »Du musst mit dem Spruch sehr vorsichtig umgehen, denn er funktioniert nur bei zwei Erdenbürgern. Schon bei einem dritten wird er wirkungslos.«

»Aber mit diesen beiden kann ich, so oft ich will ...?«

»Ja, so oft *ihr* wollt! Bedenke aber, dass du nur sicher bist, solange du unsichtbar bist. Sobald du in einem Menschenkörper steckst, drohen dir die gleichen Gefahren wie den Menschen.«

»Och, ich passe schon auf«, quäkte Sponki und machte eine abwinkende Handbewegung. »Wann geht es endlich los?«

Es ging sehr bald los. Vorher aber musste der kleine Kerl noch ein paar Sätze auswendig lernen, die er auf der Erde oft brauchen würde. Zum Beispiel »Guten Tag, was kann ich für Sie tun?« oder »Schön, dass Sie da sind!«.

Aberbeberbiber-böberbüber

Zwei Tage vor Ende der Osterferien war Charlotte Schultze mit ihren Eltern aus dem Urlaub zurückgekehrt und schob schlechte Laune. So ein Mist, keine ihrer Freundinnen hatte Zeit zum Spielen! Und noch eine Stunde Blockflöte üben, das war auch nicht nach ihrem Geschmack. Missmutig lümmelte sie auf dem Sofa und blätterte in der Fernsehzeitschrift. In der Flimmerkiste kam auch nichts Interessantes.

Okay, zwei Stockwerke tiefer wohnte Otto Wagner, der in ihre Klasse ging. Otto hatte meistens auch nichts vor. Aber Charlotte konnte ihn nicht besonders leiden. Erstens war er ein Muffel und zweitens ziemlich dumm, fand Charlotte. Der konnte ja noch nicht mal bis tausend rechnen. Sie hingegen stand in allen Fächern auf einer glatten Eins.

Da läutete es an der Tür.

»Habe gerade an dich gedacht«, begrüßte Charlotte den Jungen, der wie Otto aussah – es aber nicht war.

»Was kann ich für dich tun?«, sagte Sponki einen seiner auswendig gelernten Sprüche auf.

»Mich in Ruhe lassen, das kannst du. Ich bin mies drauf«, nölte Charlotte.

Aber da war Sponki schon an ihr vorbeigehuscht und ins Zimmer gerannt. Er war sehr aufgeregt. Seine Augenlider klimperten schnell.

»Bring's hinter dich!«, sagte Charlotte und ließ sich auf ihr Bett plumpsen.

Sponki setzte sich nicht. Wie ein Tiger im Käfig stolzierte er auf und ab. »Hast du Otto irgendwo gesehen?«

Charlotte schüttelte verständnislos den Kopf. Sollte das ein Witz sein? Dann war es ein saublöder. »Du spinnst!«, sagte sie, weil ihr nichts Besseres einfiel.

»Ich bin nicht Otto, auch wenn ich so aussehe. Glaub mir. Ich stecke nur in seinem Körper.«

»Und zehn Eier aus dem Aldi!«, entgegnete Charlotte.

In diesem Moment kam Frau Schultze aus der Küche. »Ach, wen haben wir denn da? Hallo, Otto!«

»Guten Tag, gnädige Frau!«, entgegnete der Gast. »Was kann ich für Sie tun?«

»Oh, wie förmlich heute«, lachte Charlottes Mutter. »Lotti, ich muss noch einiges einkaufen. Zum Abendessen bin ich zurück. Spielt schön, okay?« Und weg war sie.

»Eine nette Frau«, sagte Sponki. »Kennst du sie schon lange?«

»Sehr witzig«, moserte Charlotte. »Sag endlich, was der Blödsinn soll.«

»Ich suche Otto. Habe ich das denn nicht schon erwähnt?«

Charlotte ließ genervt ihre Blicke an die Decke wandern. Dass der Kerl aber auch keine Ruhe gab! Sie beschloss sich für ein paar Minuten auf den Quatsch einzulassen. »Hier ist er jedenfalls nicht. Oder siehst du ihn vielleicht?«

»Nein«, antwortete Sponki. »Aber sehen können wir ihn jetzt sowieso nicht. Er ist ja unsichtbar.«

»Ach richtig!«, nickte Charlotte gnädig. »Sicher! Das hatte ich jetzt total vergessen. Otto ist ja unsichtbar.«

»He, du nimmst mich wohl nicht ernst, was?« Sponki zog einen Flunsch.

»Doch, doch!«, versicherte Charlotte. »Und wer bist du eigentlich, wenn ich fragen darf?«

»Ich? Sponkolyzius. Darfst aber Sponki sagen. Soeben auf der Erde gelandet. Meine Raumkapsel steht ganz in der Nähe. Genau da, wo ich Otto getroffen habe.«

»Ach? Und da war er noch sichtbar?«, höhnte Charlotte.

»Natürlich! Otto ist ja sichtbar. Ich bin unsichtbar. Nur haben wir vorhin getauscht, weil Otto mir nicht glauben wollte.« Sponki sagte das mit todernstem Gesicht.

»Phö!« Charlotte versuchte in diesen Laut jede Menge Verachtung hineinzulegen. Sie stand auf, öffnete die Wohnungstür und schob ihren Besuch hinaus. »Mir reicht es jetzt! Und glaub ja nicht, dass ich übermorgen mit dir zusammen zur Schule gehe.«

Sponki war bereits auf der Treppe, als er einen Freudenschrei ausstieß. »Otto! Ich habe dich gesucht! Wo warst du denn nur?«

Zu Charlottes größter Überraschung antwortete eine quäkende Stimme: »Tut mir Leid! Ich war in der Wohnung von Frau Kellermann eingeschlossen.«

Sagenhaft, was Otto auf einmal für eine Stimme hatte. Und das, ohne den Mund zu öffnen.

»Komm, wir tauschen schnell wieder zurück«,

quäkte es und Sponki sagte: »Genau so wie eben! Mach deine Arme wie ich.«

»Fertig«, antwortete es quäkend.

»Okay. Hände über Kreuz und dann schütteln wir sie und sagen den Spruch!«

Bis zu diesem Moment hatte Charlotte noch fest

geglaubt, Otto würde sich über sie lustig machen. Aber nun wurde sie blass. Die überkreuzten Arme des Jungen wurden hochgerissen und sowohl die quäkende als auch Ottos Stimme sagten im Chor: »Aberbeberbiberböberbüber – Otto geht in Sponki über!«

Es gab einen leisen Pfiff und Otto atmete erleichtert auf. »Gott sei Dank! Es hat geklappt!« Und an Charlotte gewandt: »Tag auch! Dürfen wir einen Moment reinkommen?«

Die Blaue Banane

Charlotte schloss die Tür mit weit aufgerissenen Augen. Natürlich war das Ganze ein Trick. Aber alle Achtung, der Trick war gut. Sehr gut sogar!

»Tut mir Leid, wenn wir dich erschreckt haben«, quäkte die Stimme von vorhin.

Potztausend! Sie kam jetzt vom Fenster her, obwohl Otto auf ihrem Schreibtischstuhl Platz genommen hatte. Es war also gar nicht Otto, der da sprach!

Charlotte schrie laut auf und fing zu schluchzen an. »Du machst mir Angst!«

Aber dann erklärte Otto. Erklärte, dass er beim Spielen auf dem Schulhof plötzlich von dieser komischen Stimme angesprochen worden war. Dass diese Stimme ihn gefragt habe, in welcher Stadt sie eigentlich seien. Otto hatte befürchtet, er sei verrückt geworden. Aber nein, Sponki war hartnäckig geblieben und redete unaufhörlich auf ihn ein. Die ganze Geschichte, die wir bereits aus dem ersten Kapitel kennen. Natürlich hatte Otto kein Wort davon geglaubt, das versteht sich ja von selbst.

»›Was soll ich denn tun, damit du nicht mehr an mir zweifelst?‹, habe ich Otto gefragt«, mischte sich jetzt Sponkis Quäkstimme ein.

»Genau!«, bestätigte Otto.

Charlottes staunendes Gesicht wanderte zwischen Otto und dem Fenster hin und her. »Und dann?«

»›Siehst du den Typen da drüben auf der anderen Straßenseite?‹, habe ich Sponki gefragt.«

Der kicherte jetzt frech, ließ Otto jedoch weitererzählen.

»Dann hab ich gesagt: ›Das ist der Talberger, mein Feind. Hat mich neulich verprügelt. Lauf zu

ihm hin und schlage ihm sein Eis aus der Hand!‹«, fuhr Otto fort.

»So war es«, quäkte Sponki. »Verrückte Idee, fand ich. Schade um das Eis. Aber Otto wollte wohl, dass sich der Junge ärgerte. Sehr seltsam! Seid ihr Menschen immer so?«

Sponki wartete einen Moment, bekam aber keine Antwort. Also berichtete er weiter: »Nun, aus der Hand konnte ich das Eis nicht schlagen, weil ich ja hier wie Luft bin. Aber erschrecken konnte ich ihn ...«

Otto unterbrach Sponki: »Oh ja, Charlotte, du glaubst es nicht! Wenige Sekunden später zuckte mein Feind fürchterlich zusammen und die Eiskugeln aus seinem Hörnchen segelten mitten auf sein knallrotes T-Shirt.«

Sowohl er als auch Sponki lachten, als sie sich an das Bild erinnerten.

Charlotte raufte sich die Haare. »Wahnsinn!«

»Wir sind also zu mir gegangen«, erzählte Otto weiter. »Sponki hat mir vorgeschlagen, wir könnten spaßeshalber unsere Körper tauschen. Wir machten also diese seltsame Aberbeberbiberböberbüber-Sache und schwups!, war ich unsichtbar.«

»Und ich sah aus wie Otto«, ergänzte Sponki. »Aber die Idee, zu dir zu gehen, kam von ihm!«

Jetzt beichtete Otto, dass er das Unsichtbarsein bei Charlotte ausprobieren wollte. Um sie ein wenig zu ärgern. In dem Moment aber war Frau Kellermann die Treppe heruntergekommen, um Müll wegzubringen. Ihre Wohnungstür stand offen. Neugierig, wie Otto nun einmal war, nützte er die Gelegenheit und sah sich in Frau Kellermanns Wohnung etwas um. »Ist der totale Wahnsinn! Du kannst alles anfassen, aber du kannst nichts bewegen. Du bist echt wie Luft.«

»Und dann?«, fragten Charlotte und Sponki im Chor.

»... kam die Kellermann die Treppe wieder rauf. Sie ist aber gar nicht mehr in ihre Wohnung gekommen, sondern sie hat die Tür zugezogen und abgeschlossen. Zum Glück ist sie nur kurz einkaufen gegangen. Gerade ist sie zurückgekehrt – da konnte ich schnell raushuschen. Sonst säße ich jetzt noch da oben fest!«

»Geschähe dir ganz recht!«, fand Charlotte.

»Und ich habe natürlich angenommen, Otto sei bei dir«, fuhr Sponki fort. »Na ja, jetzt ist ja alles in Ordnung!«

Charlotte hatte sich mittlerweile etwas beruhigt. »Du kommst also echt von einem anderen Planeten?«

»Logisch!«, quäkte Sponki. »Genau wie es Otto eben gesagt hat. Und meine beiden Menschen habe ich ja jetzt gefunden. Du bist die Nummer zwei!«

»Wie meinst du das?« Charlotte kniff ihre Brauen zusammen.

Sponki erklärte, was es mit seinem Zauberspruch auf sich hatte – dass er nur bei zwei Menschen wirkte.

Charlotte überlegte einen Moment. »Ich will auch mal!«, sagte sie dann und schaute zum Fenster, wo sie Sponki vermutete.

Der hatte sich aber mittlerweile auf ihr Bett fallen lassen. »Was?«

»Mit dir die Körper tauschen. Ich will unbedingt auch mal unsichtbar sein.« Charlotte konnte es nämlich nicht durchgehen lassen, dass ausgerechnet Otto ihr etwas voraushaben sollte. Immerhin war er einer der Schlechtesten in ihrer Klasse, sie aber die Beste. Deshalb streckte sie entschlossen ihre Arme aus und überkreuzte sie. »Wie ging der Spruch noch gleich?«

Sponki sagte es ihr und während sie sich gegenseitig die Hände schüttelten, hörte Otto: »Aberbeberbiberböberbüber – Charlotte geht in Sponki über!« Es ertönte wieder ein kurzer Pfiff.

»In wem von uns gefällt es dir besser?«, wollte Otto sofort wissen und blickte in Richtung Charlottes Körper.

»Kann ich noch nicht sagen. Muss mich erst mal eingewöhnen. – Und wie geht es dir, Charlotte? Zufrieden?«, erkundigte sich Sponki. Dabei starrte er auf den Stuhl, auf dem Charlotte soeben noch gesessen hatte.

»Ist irgendwie voll unheimlich!«, quäkte sie.

»Wo steht denn eigentlich deine Raumkapsel?«, fiel Otto plötzlich ein. »Dürfen wir sie mal sehen?«

»Kein Problem!«, entgegnete Sponki. »Ich habe sie auf der Turnhalle geparkt.«

Also nichts wie hin! Keine fünf Minuten später standen die drei auf dem Schulhof, der während der Ferien als Spielplatz genutzt werden durfte.

Viele Kinder spielten Ball oder sausten mit ihren Fahrrädern umher. Vom hinteren Ende des Schulhofs konnte man das Dach der Turnhalle gut überblicken.

»Ich seh nichts«, schmollte Otto.

»Ich ja auch nicht«, erklärte Sponki. »Aber du, Charlotte, stimmt's?«

»Der helle Wahnsinn!«, quäkte diese. »Die ist ja so blau wie unser Auto. Und gar nicht so groß, wie ich sie mir vorgestellt habe. Darf ich mal einsteigen?«

»Du weißt doch, dass es Ärger gibt, wenn wir auf die Mauer klettern«, wandte Otto ein und lehnte sich gegen die Feuerleiter, über die man auf das Turnhallendach klettern konnte. Er hatte das mal ausprobiert und war prompt von Frau Brubeck, der Sekretärin, erwischt worden.

»Sieht mich ja keiner!«, quäkte Charlotte. Die Stimme kam schon von oben, das Mädchen war also bereits auf dem Weg.

Ein paar Fahrradfahrer unterbrachen ihre Rallye und fragten sich, warum die beiden Kinder die ganze Zeit zur Turnhalle starrten.

»Ist da was?«, wollte ein Mädchen wissen.

»Was soll da schon sein!«, gab Otto patzig zurück. »Fahr weiter und nerv nicht.«

»Ob ich wohl auch auf so einem Ding fahren könnte, ohne umzukippen?« Sponki beobachtete die radelnden Kinder, machte dabei aber ein skeptisches Gesicht. »So was gibt es bei uns nicht.« Plötzlich gähnte er. Einmal, zweimal, dreimal. Sein Mund war dabei so weit aufgerissen, dass man mühelos einen Tennisball hätte hineinstecken können.

»Ist nicht schwer!«, behauptete Otto. »Wenn ich auch mal in deine Kapsel darf, bringe ich es dir bei.«

»Au fein! Ganz bald, ja? Ich muss jetzt allerdings erst mal schlafen.«

»Um diese Zeit?«, quäkte Charlotte vom Dach herab. »Ich würde gern noch ein wenig unsichtbar bleiben. Es fängt gerade an, Spaß zu machen!«

Die Kinder auf dem Schulhof wunderten sich mittlerweile. Nicht nur, dass die beiden dort unablässig das Turnhallendach angestiert hatten. Jetzt kreuzte das Mädchen auch noch die Arme und flüsterte dabei etwas Unverständliches. Und der Junge war wohl Bauchredner. Denn ohne seine Lippen zu bewegen, quäkte er: »Tschüss, bis bald!«

Die zwei überließen Sponki seiner Müdigkeit und trotteten nach Hause.

Otto wollte unbedingt wissen, wie es in der Raumkapsel ausgesehen hatte. So viel war da jedoch nicht zu erzählen. Höchstens dass sie wie eine halbierte blaue Banane aussah und nicht einmal ein Fenster hatte. Und ein Bett schon gar nicht. Das brauchte Sponki auch nicht, denn er schlief im Stehen. Alle Ullis schlafen im Stehen.

Der Besuch der Rosinen

Der nächste Tag war ein Sonntag. Sowohl Charlotte als auch Otto hatten eine unruhige Nacht hinter sich. Kann man ja verstehen. Lauter Fragen waren ihnen eingefallen, die sie Sponki unbedingt stellen wollten.

Ungeduldig wartete Charlotte, bis ihre Eltern wach waren. »Darf ich gleich mit Otto auf den Schulhof?«, bettelte sie. »Bitte!«

»Kommt nicht infrage!«, antwortete Charlottes Vater. »Um zehn Uhr beginnt der Gottesdienst, das weißt du doch.«

Otto ging es auch nicht besser. Er wollte nach dem Aufstehen am liebsten sofort zum Schulhof laufen. Aber Pustekuchen!

»Hast du vergessen, dass Tante Janina, Onkel Helmut, Sarah und Theresa kommen? Jetzt wird aufgeräumt, Freundchen!«, sagte seine Mutter.

Die Glocken dröhnten so laut, dass man in der Nähe der Kirche kaum sein eigenes Wort verstehen konnte. Das war auch gut so, denn sonst hätten Schultzes womöglich die quäkende Stimme gehört, die ihrer Tochter ins Ohr brüllte: »Gibt es eine Bekanntmachung der Königin oder warum lauft ihr alle zu diesem großen Haus mit dem lustigen Turm?«

Charlotte bekam vor lauter Freude eine Gänsehaut. »Sponki! Bist du's?«

»Hast du was gesagt?«, erkundigte sich Frau Schultze.

»Nein, nein!«, schrie Charlotte. Und leise zu Sponki gewandt: »Ich muss in die Kirche. Familiengottesdienst.«

»Darf ich mit?«, quäkte Sponki. »Ich soll doch alles lernen, was hier auf der Erde so vor sich geht.«

»Lieber nicht!«, sagte Charlotte. »Wenn ich weiß, dass du anwesend bist, kann ich mich bestimmt nicht aufs Beten konzentrieren.«

»Du hast ja doch was gesagt«, beharrte Frau Schultze.

Da waren sie jedoch schon am Kirchenportal, wo der Pfarrer jedem Kirchenbesucher zur Begrüßung die Hand schüttelte. Charlotte konnte sich nicht mehr mit Sponki beschäftigen.

Otto war soeben mit dem Aufräumen fertig geworden, als es auch schon klingelte.

»Mach bitte auf«, rief seine Mutter aus dem Badezimmer. »Ich bin noch dabei, mich zu schminken.«

Otto trottete missmutig zur Tür und öffnete sie. Sofort bekam er Tante Janinas Lippenstiftmund auf die Wange gepflanzt.

»Bist du aber groß geworden!«, staunte Onkel Helmut.

Theresa und Sarah kicherten blöde.

»Vielleicht seid ihr ja nur kleiner geworden«, sagte Otto angesäuert.

»Wie schön, dass ihr da seid. Kommt doch herein in die gute Stube!«, lachte Herr Wagner, der seinen Sohn beiseite schob und am liebsten alle Verwandtenhände auf einmal geschüttelt hätte. »Möchtet ihr nicht ablegen!«

Diesen Satz hörte Sponki, der im Treppenhaus gelauert hatte. Der gefiel ihm. Den merkte er sich.

Otto wollte gerade die Wohnungstür schließen, als er einen seltsamen Zischlaut aus dem Treppenhaus vernahm. »Tzzt! Tzzt!«

Otto trat heraus und sah sich um. Nichts.

»Hast du Zeit?«, quäkte es von unten herauf.

»Sponki! Wie bist du denn reingekommen?«

»Habe mich hinter den Leuten ins Haus geschlichen, hihi«, kicherte Sponki.

»Das ist unser Besuch. Auf den habe ich gar keine Lust! Jedenfalls kann ich heute leider nicht raus«, erläuterte Otto.

Aus der Wohnung erscholl Herrn Wagners mahnende Stimme: »Junge, komm endlich und zeig deinen Cousinen dein Zimmer!«

»Hey, super!«, quäkte Sponki. »Ich mach das für dich. Da kann ich gleich mit dem Menschsein-Lernen anfangen! Na, wie wär's?«

Jetzt war es Theresa, die nach Otto schaute und sich sehr wunderte, wie der auf der Treppe stand und seine Arme über Kreuz hielt. Und was der für dummes Zeug schwätzte, nur zu sich selbst: »Aberbeberbiberböberbüber – Otto geht in Sponki über!«

»Bist du übergeschnappt?«, fragte Theresa.

»Mal schnappe ich ein, mal unter, mal über«, erklärte Sponki, jetzt in Ottos Körper. »Schön, dass du da bist, Rosine! Möchtest du nicht ablegen?«

Darüber konnte Theresa überhaupt nicht lachen. Kopfschüttelnd lief sie ins Wohnzimmer zu den anderen.

»Darf man fragen, warum ihr gekommen seid?«, wandte Sponki sich nun Onkel Helmut und Tante Janina zu.

Frau Wagner räusperte sich. Verlegen zupfte sie an ihrem Kleid.

»Um euch nach langer Zeit mal wieder zu sehen«, erklärte Onkel Helmut. »Aber du scheinst dich nicht gerade darüber zu freuen.« Verunsichert kratzte er sich am Kinn.

»Ja, stimmt genau«, entgegnete Sponki. »Mehr freue ich mich auf die Schule, die morgen anfängt. Da werde ich lesen und schreiben lernen, jawoll! Übrigens riecht es hier so komisch. Hat jemand gefurzt?«

»Nun reicht es aber!«, brüllte Herr Wagner, dann sah er zu den anderen. »Ich verstehe gar nicht, was in ihn gefahren ist.«

»Wenn die Rosinen die Güte hätten, mir zu folgen«, sagte Sponki und machte eine einladende Handbewegung. »Der Herr dort«, er zeigte auf Ottos Vater, »ist mir zu unfreundlich.«

Es dauerte keine fünf Minuten und die Erwachsenen hörten aus Ottos Zimmer schallendes Gelächter. Die Mädchen quietschten vor Vergnügen. Dieser Otto stellte sich so herrlich blöd an. Ein Eins-a-Clown. Zum Beispiel legte er die CD falsch herum in den Player und wunderte sich, dass keine Musik ertönte. Oder sie baten ihn, er möge ihnen etwas auf seiner Gitarre vorspielen. Da holte er das Instrument aus dem Halter, legte es aufs Bett und setzte sich darauf.

Und immer wenn Theresa oder Sarah etwas in die Hand nahmen, erkundigte er sich: »Gefällt dir das? Kannst es behalten! Man soll immer nett sein zu anderen.«

Vier Bücher und zwei seiner Lieblingsstofftiere war Otto nun schon los. Und jetzt verschenkte Sponki gerade den Ferrari, den Otto zu Weihnachten bekommen hatte. Sein Lieblingsauto! Otto raufte sich die unsichtbaren Haare. Immer wieder versuchte er ganz nah an Sponkis Ohr heranzukommen, um ihm zuzuflüstern, dass sie unbedingt und auf der Stelle zurücktauschen mussten. Aber leider nahmen ihn die Mädchen die ganze Zeit so in Beschlag, dass das schier unmöglich war. Erst als Sponki mal aufs Klo musste, bekam Otto ihn allein zu sprechen.

»Bist du wahnsinnig?«, herrschte er den armen Ulli an. »Wie du mit unseren Verwandten umgesprungen bist! Darfst doch nicht sagen, dass sie nicht willkommen sind! Dafür bekomme ich tierisch Ärger.«

»Und ich dachte, ich wäre schon ziemlich gut«, schmollte Sponki. »Was habe ich denn falsch gemacht?«

»Alles, du Trottel!«, schimpfte Otto. »Los, kreuze sofort die Arme, damit mir die Tussis nicht noch mehr Sachen wegschleppen. Und du haust am besten ab!«

»Bist du mir jetzt böse?«, fragte Sponki ängstlich.

Otto blökte: »Dass du ausgerechnet meinen Pandabären an die doofe Zicke verschenkt hast, vergesse ich dir nie!« Er begann zu schluchzen. »Und meinen Ferrari ... Los jetzt! Aberbeberbiberböberbüber ...«

Sarah und Theresa waren mit dem Vorschlag, vor

dem Mittagessen ein wenig spazieren zu gehen, Gott sei Dank einverstanden. Wagners erlaubten es – aber nur unter der Bedingung, dass sie sich nicht dreckig machten.

Auf diese Weise konnte Sponki unbemerkt das Haus verlassen. Allerdings musste sich Otto nun große Mühe geben, die Cousinen bei Laune zu halten. Zum Glück kannte er ein paar Lehrerwitze. Die gefielen den Mädchen und es zeigte sich, dass sie auch welche auf Lager hatten.

Als es Zeit war, nach Hause zurückzukehren, trafen sie Charlotte und ihre Eltern, die soeben vom Gottesdienst kamen.

»Geht schon mal vor«, bat Otto seine Cousinen. »Ich muss ganz kurz etwas mit Charlotte besprechen!«

Er wartete, bis Charlottes Eltern und die Mädchen außer Hörweite waren. Dann erzählte er, was vorgefallen war. Auch, dass er Sponki hinausgeworfen hatte.

Verständlich, dass Charlotte Otto Vorwürfe machte. »Da bist du doch selbst schuld, wenn du mit Sponki tauschst. Der Ärmste kann doch nicht wissen, wie er sich benehmen muss!«

Die Sache mit der Uhr

Nach dem Mittagessen wollten Charlottes Eltern ein Nickerchen halten. Das war die Gelegenheit, mal eben zum Schulhof zu laufen, um Sponki zu suchen. Allerdings hatte Charlotte nicht daran gedacht, dass der ja sonntags abgeschlossen war. Ärgerlich rüttelte sie am Tor. Wenn sich Sponki in seiner Kapsel auf dem Turnhallendach aufhielt, musste er über das Tor geklettert sein. Okay, sie würde das auch schaffen. Aber wenn sie dabei beobachtet werden würde, gäbe es Ärger. Also blieb sie draußen, rüttelte und rüttelte, damit Sponki sie vielleicht hören könnte. Als gerade kein Fußgänger zu sehen war, rief sie aus vollem Hals: »Sponki?«

Nichts.

Traurig machte sich Charlotte auf den Rückweg. Und da, wie aus heiterem Himmel hörte sie ihn – direkt neben sich.

»Ich habe alles falsch gemacht«, quäkte Sponki. »Ich bin ein Trottel, hat Otto gesagt.«

»Sponki! Gott sei Dank!« Charlotte war erleichtert. »Otto ist eben doof!«

Darauf ging Sponki nicht ein, denn er hatte anderes im Kopf. »Warum sagt ihr Menschen denn nicht die Wahrheit?«, quäkte er. »Ich habe seiner Tante und seinem Onkel bloß mitgeteilt, dass sie stören. Alles andere wäre doch gelogen gewesen und wir Ullis können nun mal nicht lügen!«

Charlotte musste lachen. »Ich kann dich verstehen. Für dich muss das alles sehr schwierig sein.«

»Und ob!«, quäkte Sponki. »Ich halte mich jetzt nur noch an dich. Okay?«

Charlotte fühlte sich geschmeichelt. »Du bist süß! Ich helfe dir, so gut ich kann. Versprochen!«

»Darf ich morgen für dich in die Schule gehen?« Sponkis Stimme klang wieder zuversichtlich. »Ich bin doch so neugierig!«

Charlotte überlegte kurz. »Nee, du! Zuerst musst du doch lesen und schreiben lernen. In meiner Klasse können das ja alle längst. Ich bin übrigens die Beste!«

»Bring es mir doch rasch bei«, schlug Sponki vor. Aber dann merkte er selbst, dass er einen Denkfehler gemacht hatte. »Mist, dazu brauchen wir ja

Otto, weil ich unsichtbar natürlich keinen Füller halten kann.«

»Genau«, bestätigte Charlotte und seufzte. »Otto werden wir leider nötig haben.«

Die beiden unterhielten sich noch eine ganze Weile. Sponki waren viele Fragen eingefallen. Er wollte unbedingt wissen, was bei einem Gottesdienst passierte. Und warum man, wenn man einen Feind hatte, ihn so erschrecken sollte, dass ihm sein Eis aus der Hand fiel. Warum der Eiffelturm nicht in der Eifel stand. Warum manche Leute in schönen großen Häusern wohnten, andere in ganz scheußlichen. Und warum eine Frau Keller*mann* heißen konnte. Schließlich wurde es Zeit für Charlotte. Ihre Eltern waren bestimmt wieder wach und warteten auf sie.

»Aber wenn ich lesen und schreiben kann, darf ich für dich zur Schule gehen?«, bettelte Sponki.

»Das sehen wir dann! Komm doch morgen unsichtbar mit und schau dir das Ganze erst mal an. Einverstanden?«

Sponki fand das okay. Allerdings gab es ein Problem: Er wusste nicht, wann genau morgen war. Zwar sagte ihm Charlotte, dass der Unterricht um acht Uhr beginne und er fünf Minuten vorher auf dem Schulhof warten solle. Sponki besaß jedoch keine Uhr. Und selbst wenn er eine gehabt hätte, hätte er sie nicht lesen können.

»Gibt es denn auf eurem Planeten keine Zeit?«, interessierte sich Charlotte.

»Darüber habe ich noch nie nachgedacht. Aber wenn, dann messen wir sie jedenfalls nicht in Stunden und Minuten. Deshalb brauchen wir keine Uhren!«

Charlotte überlegte angestrengt. »Tja«, sagte sie, »dann bleibt dir nichts anderes übrig, als morgen früh nach mir Ausschau zu halten.«

Das war jedoch leichter gesagt als getan. Denn Sponki war so aufgeregt vor seinem ersten Schultag auf der Erde, dass er abends nicht einschlafen konnte.

Stattdessen irrte er durch die Stadt und sah sich die Schaufenster an. Und weil es so viele davon gab, dauerte sein Ausflug bis spät in die Nacht. Schließlich war er so müde, dass er es kaum noch bis zu seiner Blauen Banane schaffte.

Am nächsten Morgen konnte ihn weder das Geschnatter der eintrudelnden Kinder noch die Schulglocke aus dem Schlaf reißen. Er schlummerte tief und fest. Erst als der Unterricht längst vorbei war und alle Schüler nach Hause gegangen waren, wachte er auf.

Charlotte und Otto machten sich verständlicherweise Sorgen um ihren unsichtbaren Freund. Sie verabredeten sich für drei Uhr nachmittags, um Sponki zu suchen.

Doch der wartete bereits vor der Haustür und quäkte ihnen vergnügt entgegen: »Schön, dass ihr da seid! Wollt ihr nicht ablegen?«

Charlotte hielt ihren Zeigefinger vor die Lippen. »Besser, es hört uns niemand zu. Komm, wir gehen zum Spielplatz im Stadtpark.«

Weil es nämlich etwas regnete, waren sie dort ganz für sich und konnten in Ruhe planen. Allerdings war Sponki, als er die lange Rutschbahn erblickte, so begeistert, dass er sie unbedingt ausprobieren wollte. Unsichtbar war er aber zu leicht zum Rutschen, deshalb bettelte er so lange, bis Otto bereit war mit ihm die Körper zu tauschen.

»Komisch! Da fliegt einer mit einer Raumkapsel vom Ulysius zur Erde und hat trotzdem noch Spaß an einer Rutschbahn«, wunderte sich Charlotte.

Dummerweise war die Rutsche oben voller Vogeldreck, der sich zusammen mit dem Regen zu einer ekeligen Schmiere vermischte. Diese klebte jetzt an Ottos Hosenboden. Sponki schien das jedoch überhaupt nicht zu stören, er rutschte ein zweites, ein drittes und ein viertes Mal. Dann erst

war er zufrieden und gab Otto seinen Körper samt Hose zurück.

Charlotte kam endlich zur Sache und fragte Sponki, wie lange er eigentlich auf der Erde bleiben wolle.

»Der Strom für mein Raumschiff reicht drei Wochen«, lautete seine Antwort. »Bis dahin will ich am liebsten alles lernen. Nicht nur lesen und schreiben! So wie ihr will ich sein!«

Charlotte und Otto fühlten sich gebauchpinselt.

Ganz klar, für die beiden war es ein großes Abenteuer, einen Außerirdischen zu kennen. Schade nur, dass sie es niemandem erzählen konnten. Es würde ihnen sowieso keiner glauben. Womöglich würde man sie sogar für bekloppt erklären.

»Ich will unbedingt schon heute etwas lernen!«, quengelte Sponki. »Wenigstens die Uhr, okay?«

»Das geht aber nicht so schnell«, wandte Otto ein. »Ich habe dafür einige Wochen gebraucht.«

Typisch, dachte Charlotte, die es in zwei Tagen geschafft hatte.

Sponki lernte das Uhrenlesen innerhalb von zehn Minuten. Das mochte zum einen daran liegen, dass Charlotte gut erklären konnte, zum anderen aber, dass Sponki über ein phantastisches Gedächtnis verfügte. Was man ihm einmal sagte, vergaß er nicht mehr.

»Mist, dass ich heute Morgen verschlafen habe. Aber morgen komme ich in eure Klasse und höre zu. Ganz heimlich, still und leise! Bestimmt lerne ich ja auch davon schon etwas.«

Ein Geist in der Schule?

Sponki gab sich dann tatsächlich am nächsten Vormittag überhaupt nicht zu erkennen, was Charlotte ziemlich wunderte. Wenigstens ein leises Hallo hätte er ihr doch ins Ohr flüstern können, fand sie.

Interessant war übrigens, dass sich Otto ganz rege am Unterricht beteiligte. Normalerweise saß er ziemlich stumm auf seinem Platz. Jetzt plötzlich, wo er sich von seinem unsichtbaren Freund beobachtet fühlte, meldete er sich bei jeder Gelegenheit. Frau Lieselang war geradezu erstaunt und lobte ihn.

Nach dem Unterricht warteten Charlotte und Otto auf dem Schulhof, bis alle anderen nach Hause gegangen waren.

»Sponki?« Charlotte rief so leise wie möglich. »Bist du hier irgendwo?«

»Logisch!«, quäkte es genau neben ihnen. »War die ganze Zeit schon bei euch.«

Otto erkundigte sich, ob Sponki etwas vom Unterrichtsstoff verstanden habe.

»Fast alles! Es wäre nur echt hilfreich, wenn ich endlich lesen könnte, was eure Lehrerin an die Tafel schreibt.«

»Du bist vielleicht lustig!« Otto schüttelte den Kopf. »Gerade mal den ersten Tag da und schon willst du alles können?«

»Wäre doch gut, oder nicht? Was bringt ihr mir heute bei?«

Charlotte schlug vor, sich nach dem Mittagessen wieder hier zu treffen und dann weiterzusehen.

Es regnete wie aus Gießkannen.

Weil Otto sowieso schon etwas erkältet war, erlaubte ihm seine Mutter nicht, nach draußen spielen zu gehen. »Kommt nicht in die Tüte!«

Mist!

Also machte sich Charlotte allein auf den Weg zum Schulhof. Keine Menschenseele weit und breit. Leider auch kein Sponki. Der Regen prasselte so laut, dass es keinen Zweck hatte, zu rufen. Der kleine Ulli in seiner Blauen Banane hätte sie bestimmt nicht gehört.

Ob Unsichtbare wohl nass werden?, überlegte Charlotte. Sie würde ihn fragen. Irgendwann.

Gerade wollte sie wieder nach Hause gehen, als die Schultür aufflog und die Sekretärin, Frau Brubeck, herausgestürzt kam. Sie war blass und völlig außer sich. Wie am Spieß schrie sie: »Hilfe! Hilfe! Ein Geist! Ein Geist!« Zeternd rannte sie davon.

Ein Geist? Charlotte stutzte. Hatte die Brubeck *Geist* gesagt? Das konnte doch, das musste doch …

Bevor die Schultür wieder ins Schloss fiel, schob sie schnell ihren Fuß dazwischen und horchte ins Treppenhaus hinein. Alles still. Vorsichtig trat Charlotte ein. »Hallo? Ist da jemand?«

Keine Antwort.

Charlotte nahm die Treppe zum ersten Stock, wo auch ihr Klassenzimmer war. »Hallo? Ist da jemand? Sponki?«

»Na endlich!«, vernahm sie die quäkende Stimme. »Wurde aber auch Zeit.«

»Gott sei Dank! Wo bist du denn?« Charlotte konzentrierte sich, so gut sie konnte. Sie versuchte die Richtung auszumachen, aus der sie ihren unsichtbaren Freund gehört hatte.

»Na hier!« Die Stimme kam aus dem Raum der 3c.

Schnell öffnete Charlotte die Tür.

»Puh!«, seufzte Sponki. »Ich dachte schon, ich käme hier nie mehr raus.«

Charlotte hätte gerne gewusst, wie er da überhaupt hineingekommen war. Aber in dem Moment hörte sie eilige Schritte auf der Treppe.

Frau Brubeck hatte den Hausmeister geholt, Herrn Strawinski. Aufgeregt quasselte sie auf ihn ein: »Wenn ich's Ihnen doch sage! Ich habe die Tür der 3c zugemacht und wollte sie gerade abschließen, da hörte ich diese unheimliche Stimme. Ein Geist!«

»Werden wir gleich haben«, sagte Herr Strawinski. »Beruhigen Sie sich, meine Gutste!«

Sich zu verstecken hatte keinen Zweck mehr.

Herr Strawinski hatte Charlotte schon gesehen. »Hallo, Fräulein! Was machst du denn da?«

»Ich? Och, ähm ... ich habe mich vor dem Regen ins Trockene geflüchtet.« Charlotte wurde rot wie eine Tomate.

»Sehen Sie, Frau Brubeck, da haben wir Ihren Geist!«, lachte der Hausmeister. Und Charlotte fragte er: »Warst du da drin und hast gerufen?«

»Nein, das heißt, ja ... ähm ... ich weiß nicht ...«

»Das war eine ganz andere Stimme. Eine viel furchtbarere Stimme! Wie von einer Kröte«, jammerte die Schulsekretärin. »Glauben Sie mir doch!«

Der Hausmeister legte Charlotte die Hand auf die Schulter: »Kann es sein, dass du Frau Brubeck einen kleinen Schrecken einjagen wolltest und deine Stimme verstellt hast? Komm, sag's ganz ehrlich!«

Noch bevor Charlotte darauf antworten konnte, quäkte Sponki, der sich dicht hinter seine Freundin gedrängt hatte: »Schön, dass Sie da sind! Möchten Sie nicht ablegen?«

»Uahhh!«, kreischte Frau Brubeck. »Genau! Das war die Stimme. Haben Sie gehört?«

Herr Strawinski nickte anerkennend. »Nicht schlecht, nicht schlecht! Du kannst ja bauchreden. Damit solltest du auf dem Sommerfest auftreten.«

»Weiß nicht ...«, stammelte Charlotte. »Tut mir Leid, ich wollte Sie nicht erschrecken, Frau Brubeck.«

»Schon gut«, beschwichtigte Herr Strawinski die Gemüter. »Alle Klarheiten beseitigt. Und jetzt mach, dass du nach Hause kommst, du Geist, du!« Und zur verdutzten Sekretärin sagte er: »Kommen Sie, jetzt trinken wir beide erst einmal gemütlich ein Tässchen Tee.«

Charlotte atmete erleichtert aus. Das war gerade noch einmal gut gegangen. In Zukunft würde sie vorsichtiger sein, nahm sie sich vor.

»Wo ist eigentlich Otto?«, fragte Sponki. »Wir wollten doch lesen und schreiben üben.«

»Er darf nicht raus. Wegen des schlechten Wetters. Aber wir können ja zu ihm gehen ...«

»... und ihr bringt es mir endlich bei! Au fein!«

Ottos Mops

Auf Charlottes Klingeln hin öffnete Frau Wagner. »Tag, Lotti! Auweia, bist du nass!«

»Wir wollten zu Otto«, sagte Charlotte.

»Wir?« Frau Wagner machte ein erstauntes Gesicht. »Kommt noch jemand?«

»Ich meine natürlich, *ich* will zu Otto«, verbesserte sich Charlotte. »Ist er da?«

Aber klar war Otto da. Und er freute sich riesig. Nachdem er seine Zimmertür geschlossen hatte, erzählte Charlotte, was in der Schule passiert war.

»Und jetzt anfangen!«, kommandierte Sponki. »Lasst uns mit dem Unterricht beginnen, damit ich morgen für einen von euch einspringen kann.«

Otto überkreuzte seine Hände. Ihm sollte es recht sein. Als Unsichtbarer wäre er wenigstens eine Zeit lang seine blöde Erkältung los. »Fertig, Sponki?«

»Aberbeberbiberböberbüber – Sponki geht in Otto über!«

Am frühen Abend kehrte Herr Wagner von der Arbeit zurück. Fröhlich riss er die Tür zu Ottos Zimmer auf, um seinen Sohn zu begrüßen. Und was er sah, ließ ihn staunen: »Otto« saß neben Charlotte Schultze am Schreibtisch. Sein Gesicht war puterrot und kalter Schweiß stand auf seiner Stirn.

Armer Sponki! Das Fieber hatte noch zugenommen. Doch Charlottes Unterricht war so spannend, dass er die laufende Nase und die Schluckbeschwerden beinahe vergaß.

»Was geht denn hier vor sich?«, erkundigte sich Herr Wagner.

»Wir spielen Schule«, erklärte Charlotte. »Ich bringe Otto gerade Rechtschreibung bei.«

»Das hört man gern«, sagte Herr Wagner und schloss die Tür wieder.

Der »echte« Otto lag unsichtbar auf seinem Bett und schlief tief und fest. Schule, und das auch noch in der Freizeit, fand er langweilig.

»Du lernst wirklich wahnsinnig schnell«, lobte Charlotte.

In der Tat hatte der Ulli in weniger als drei Stunden den ganzen Stoff des ersten Schuljahrs durch.

Er konnte schon Sätze wie »Am Samstag fragt Anna nach Ananassaft« und »Ottos Mops kotzt« schreiben und auch lesen. Das machte ihm natürlich unheimlich Spaß.

Als sie gerade bei »Kuckuck ruft Uhu lustig« angekommen waren, schneite Frau Wagner herein. »Genug Schule für heute! Otto muss sich auskurieren. Außerdem essen wir gleich zu Abend.«

Zu Charlottes Erstaunen sprang Sponki sofort auf und strebte in Richtung Küche.

»Tzt!«, machte Charlotte und winkte ihn zurück. »Ihr müsst schnell zurücktauschen. Hast du das vergessen?«

»Ach ja!«, fiel es Sponki ein. »Wo bist du, Otto?«

Otto schlief jedoch noch immer und hatte nichts gehört. Zu spät. Herr Wagner nahm seinen vermeintlichen Sohn an der Hand und zog ihn mit sich zum Abendbrottisch.

Frau Wagner hielt Charlotte die Tür auf. »Danke, dass du mit Otto so schön geübt hast!«

Im Treppenhaus raufte sich Charlotte die Haare. Es war zwar nicht ihr Problem, wann Sponki und Otto sich zurückverwandelten. Aber sie machte sich Sorgen, dass Sponki am nächsten Tag für Otto in die Schule gehen musste. Dort würde er bestimmt Fehler machen und könnte sich verraten. Vielleicht war sie auch etwas eifersüchtig, kann schon sein. Eigentlich war er doch ihr Sponki, fand sie. Deshalb klingelte sie eine Stunde später noch einmal bei Wagners, um sich nach Otto zu erkundigen. So konnte Sponki die Wohnung unbemerkt verlassen.

Wie jeden Morgen forderte Frau Lieselang am nächsten Tag auf dem Schulhof ihre Schüler auf, eine Paarreihe zu bilden, und brachte sie ins Klassenzimmer. Als sich alle gesetzt hatten, hob sie die Hand und formte mit Daumen und Zeigefinger ein O. Das war das Zeichen für Mundhalten.

»Guten Morgen, liebe Kinder!«

»Guten Morgen, Frau Lieselang!«

In dem Moment ging die Tür auf und Herr Brönner, der Lehrer der 3c, führte »Otto« herein. »Morgen, Kollegin! Ich bringe Ihnen einen zerstreuten Professor. Der junge Mann behauptet doch tatsächlich, er gehöre in meine Klasse!«

Alle Kinder brachen in schallendes Gelächter aus.

»Aber, Otto!«, mahnte Frau Lieselang. »Da vorn ist dein Platz. Hast du deinen Kopf heute zu Hause gelassen?«

»Nein«, antwortete Sponki und zeigte auf seine gerötete Stirn. »Hier ist er doch, mein Kopf.« Er

nahm zwischen Moritz und Claudine Platz und sagte: »Guten Tag! Schön, dass ich da bin. Möchtet ihr nicht ablegen?«

Die ganze Klasse lachte.

Auch Frau Lieselang. Dann klatschte sie in die Hände. »So, wenn jetzt alle wieder ruhig sind, können wir endlich anfangen. Nehmt euer Lesebuch heraus. Seite 24 bitte!«

Auf Seite 24 stand eine kleine Geschichte mit der Überschrift »Sofie ist ängstlich«.

»Wer liest uns den Text vor?« Frau Lieselang schaute allen Kindern ins Gesicht. Bei »Otto« blieb ihr Blick hängen. »Na, wie wär's? Gestern hast du so prima mitgemacht. Wie klappt es denn heute?«

Sponki freute sich, dass er endlich beweisen konnte, wie viel er bereits von Charlotte gelernt hatte. »Aber gerne! Ich kann nämlich schon ausgezeichnet lesen«, sagte er und wunderte sich, dass wieder alle lachten.

Er starrte auf die Buchstaben. Komisch, die hier sahen ganz anders aus als jene, die Charlotte ihm beigebracht hatte. Auweia, jetzt wurde ihm noch heißer, als ihm wegen des Fiebers ohnehin schon war. Peinlich, peinlich! Zögernd begann er: »Am Samstag fragt Anna nach Ananas …«

»He!«, unterbrach ihn Frau Lieselang sofort. »Du scheinst heute deinen spaßigen Tag zu haben, Otto. Aber jetzt ist es gut. Bitte lies, was im Buch steht!«

Sponki wischte sich die Nase mit dem Ärmel ab und hustete. »Irmi spielt nie mit Willi.« Er spürte selbst, dass das, was er da vorlas, nicht richtig war. »Ottos Mops kotzt doch«, versuchte er zu raten.

Alle bogen sich vor Lachen. Nur Charlotte und Frau Lieselang nicht.

Die Lehrerin wurde jetzt sogar ärgerlich. »Ich bitte dich zum letzten Mal die Geschichte ›Sofie ist ängstlich‹ vorzulesen. – Und Ruhe jetzt!«

»Gleichzeitig vorlesen und ruhig sein geht aber nicht«, bemerkte Sponki. Zur Überraschung aller stand er nun auf und sagte: »Und tschüss allerseits!«

»Was soll das heißen? Bleibst du wohl hier!«

»Ich habe keine Lust mehr«, erklärte Sponki. »Außerdem ist mir heiß.« Und tatsächlich, er ging

hinaus, als sei es das Selbstverständlichste von der Welt.

Der Lehrerin blieb vor Empörung der Mund offen stehen.

So ein Gegröle hatte es in der Klasse noch nie gegeben. Ausgerechnet Otto, der sonst kaum den Mund aufbekam, zog heute so eine wunderbare Show ab.

Charlotte stürzte nun ebenfalls hinaus. »Ich hole Otto zurück!«, ließ sie die Lehrerin wissen.

Sie rannte die Treppen hinab und erwischte Sponki gerade noch vor der Ausgangstür. »He, was soll denn das? Warum habt ihr mir nichts gesagt?«

»Bitte nicht böse sein«, jammerte Sponki. »Ich habe Otto vorgeschlagen ihn in der Schule zu vertreten. Mir macht es nicht so viel aus, krank zu sein. Ist doch nett von mir, oder nicht?«

»Aber, Sponki! Du kannst doch noch gar nicht genug. Außerdem benimmst du dich total anders als Otto.«

Sponki schaute beschämt zu Boden. »Habe selbst gemerkt, dass ich noch besser lesen lernen muss ...«

»Und ob!«, bestätigte Charlotte. »Außerdem darf man nicht einfach aufstehen und gehen, wenn einem etwas nicht passt.« Sie machte Sponki, der einen Flunsch zog, klar, dass er mit ihr in die Klasse zurückkehren müsse. Und sie bat ihn eindringlich bis zum Schulschluss den Mund zu halten, um nicht noch einmal unangenehm aufzufallen.

Sponki war ziemlich geknickt und versprach, sich zu bessern. Tatsächlich schwieg er bis zum Ende des Unterrichts – allerdings auch, wenn er etwas gefragt wurde.

Sponki darf nicht

Auf dem Nachhauseweg begegnete Sponki und Charlotte Kai Talberger, Ottos Feind. Der wollte sich offensichtlich vor dem Mädchen als Supermann aufspielen. Breitbeinig stellte er sich den beiden in den Weg.

Sponki dachte sich nichts dabei und grüßte, wie er es gelernt hatte: »Guten Tag! Schön, dass du da bist! Möchtest du nicht ablegen?«

»Hey, du Pfeife!«, pflaumte der Angesprochene Sponki an. »Mit dir habe ich noch ein Hühnchen zu rupfen! Warum hast du letztens so blöd gegrinst, als mir mein Eis runtergefallen ist?« Und kaum hatte er das gesagt, nahm er Sponki in den Schwitzkasten. Mit dem anderen Arm puffte er ihm in die Rippen, dass es richtig wehtat.

»Lass meinen Freund in Ruhe!«, brüllte Charlotte.

»Kann sich das Weichei nicht selbst helfen?«

Und ob Sponki das konnte. Zuerst war er so verdattert gewesen, dass er sich nicht wehrte. Jetzt aber platzte ihm der Kragen. Mit einem kräftigen Ruck befreite er sich aus der Umklammerung des Jungen, packte ihn am Schlafittchen und blickte ihm wütend in die Augen. »Pass mal gut auf, du Hampelmann! Du gehst jetzt schön brav nach Hause! Und wenn du so was noch mal machst, werde ich echt böse. Aber so richtig böse! Hast du verstanden?«

Der Typ glotzte »Otto« mit offenem Mund an. Das hatte er ihm nicht zugetraut. Sonst war er ihm doch immer feige ausgewichen. Ob der plötzlich Karate oder so was konnte? »Ist ja schon gut«, gab er klein bei und rannte davon.

»Den wären wir los«, stellte Sponki fest und nieste. »Kannst du mir erklären, was der eigentlich von mir wollte?«

Charlotte versuchte eine Erklärung dafür zu finden, dass es Menschen gab, denen es Spaß machte, Schwächeren wehzutun.

Verständnislos schüttelte Sponki den Kopf. »Ganz schön beknackt!«, sagte er. »So was kennen wir auf dem Ulysius nicht. – Aber mal was anderes: Wann übst du mit mir weiter lesen und schreiben? Gleich?«

Charlotte musste ihn auf den nächsten Tag vertrösten, denn für den Nachmittag hatte sie sich mit Britta, ihrer besten Freundin, verabredet. Die beiden hatten um drei Uhr Blockflötenstunde und danach wollten sie zusammen zum Ballettunterricht.

Sponki bat darum, mitkommen zu dürfen. Das war Charlotte aber nicht recht. Sie hatte ihre Freundin seit zwei Wochen nicht gesehen und musste unbedingt mal wieder mit ihr allein sein. Mädchengespräche eben. Vor Wagners Tür trennten sich Sponki und Charlotte.

Otto wartete bereits ungeduldig. Okay, es war nett von Sponki gewesen, dass er ihm das Kranksein abgenommen hatte. Das schon. Aber unsichtbar, wie er war, konnte er sich schlecht die Zeit vertreiben. Wenn er wenigstens hätte fernsehen können. Aber als Unsichtbarer war er wie Luft und Luft kann keinen Einschaltknopf betätigen. Endlich hörte er, wie Sponki zunächst den falschen, dann den richtigen Schlüssel ins Schloss der Wohnungstür steckte.

»Erzähl schon, wie war dein erster Schultag als Mensch?«, bestürmte Otto ihn, kaum dass er die Jacke ausgezogen hatte.

»Ich muss noch eine Menge lernen«, gab Sponki zu. »Mit dem Lesen hapert es noch. Aber mit deinem Feind ... du weißt schon ...« Sponki nieste dreimal kräftig.

»Was ist mit dem?«, quäkte Otto.

»Mit dem wirst du in Zukunft keine Probleme mehr haben. Auf keinen Fall!«

Und nachdem sie mit Aberbeberbiberböberbüber in ihre eigenen Körper zurückgekehrt waren, erzählte Sponki dem jetzt wieder kranken Otto alles haarklein. Damit der sich am nächsten Tag nicht wunderte, wenn Frau Lieselang auf sein merkwürdiges Verhalten zurückkommen würde.

Aber Frau Wagner ließ nicht zu, dass ihr Sohn womöglich andere Kinder ansteckte. Deshalb sollte Otto morgen und auch übermorgen zu Hause bleiben. Sponki fragte, ob er wieder an Ottos Stelle die Schule besuchen dürfe, aber diesmal sagte Otto Nein. Stattdessen könnten sie ja hier bei ihm zu Hause lesen üben. Sponki brauche sich doch nur neben Otto ins Bett zu setzen und mit ihm zusammen ins Buch zu schauen. Otto lese ihm ganz langsam Wort für Wort vor. Sponki müsse dann nur alles nachsprechen, so lange, bis er die Sätze im Lesebuch ganz allein entziffern könne.

Das verabredeten sie auch für den Nachmittag. Vorher wollte Sponki unbedingt noch ein Nickerchen in der Blauen Banane halten. Schule war nämlich viel anstrengender, als er gedacht hatte.

Während der Flötenstunde war Charlotte nicht bei der Sache. Obwohl sie doch ihr Stück geübt hatte, verspielte sie sich häufig und bekam es prompt noch einmal als Hausaufgabe auf. Britta wunderte sich über ihre Freundin.

Auch beim Ballettunterricht patzte sie mehrfach, was ihr sonst nie passierte.

»Hast du was?«, erkundigte sich Britta.

»Nö, was soll ich denn haben?«, antwortete

Charlotte gereizt und deshalb sprachen sie nicht weiter darüber.

Als Charlotte nach Hause kam, klingelte sie bei Wagners. In Ottos Zimmer roch es nach Pfefferminztee und Eukalyptussalbe. Dem Ärmsten ging es wirklich ziemlich mies. Sie durfte ihm nicht nahe kommen, um sich nicht anzustecken.

Otto erzählte, dass er mit Sponki volle zwei Stunden lesen geübt habe. Viel sei dabei allerdings nicht herausgekommen. »Und morgen will er für dich in die Schule, hat er gesagt«, schloss Otto seinen Bericht.

»Auf gar keinen Fall! Da mache ich nicht mit«, entgegnete Charlotte. »So, wie der sich dort benommen hat, gäbe das eine einzige Katastrophe.« Immerhin war sie die Klassenbeste, und das wollte sie sich nicht kaputtmachen lassen. Auch nicht von Sponki.

Die lange Liese

Am nächsten Morgen saßen alle Kinder außer Otto auf ihren Stühlen und sagten im Chor: »Guten Morgen, Frau Lieselang.«

Da vernahm Charlotte ein geflüstertes Quäken direkt hinter ihr: »Entschuldige, ich habe mich etwas verspätet!«

»Pst! Halt bloß die Klappe!«, zischelte sie über ihre Schulter. »Ich tausche nicht!«

»Hast du was gesagt, Charlotte?« Frau Lieselang schaute sie neugierig an.

»Nein, ähm...« Sie bekam ein knallrotes Gesicht.

»Ach übrigens, Charlotte, Frau Brubeck hat sich über dich beschwert. Du sollst ihr einen Mordsschrecken eingejagt haben. Mit einer ganz scheußlichen Stimme. Mach uns das doch bitte mal vor!«

Charlotte wollte das gerade ablehnen und ihr versichern, dass alles ein Missverständnis gewesen sei. Aber da legte Sponki schon los: »Guten Tag! Was kann ich für Sie tun? Möchten Sie nicht ablegen?«

Noch nie war es vorgekommen, dass die Klasse über Charlotte gelacht hatte. Jetzt aber grölten alle genau so wie gestern über Otto.

»Nicht schlecht!«, sagte Frau Lieselang bewundernd. »Wie machst du das nur?«

»Halt bloß die Klappe jetzt!«, zischte Charlotte über ihre Schulter. Das galt natürlich Sponki.

Aber Frau Lieselang hatte es gehört und empörte sich: »Na hör mal, wie redest du denn mit mir?«

»Du bist gar nicht gemeint, lange Liese!«, quäkte Sponki.

Wenn sie gekonnt hätte, wäre Charlotte gern im Boden versunken. Sie schämte sich furchtbar. »Entschuldigung, das ist mir so rausgerutscht!«

»Na ja«, sagte Frau Lieselang verunsichert, »ich kann verstehen, dass sich Frau Brubeck erschreckt hat. Klingt wirklich unheimlich! Aber nun Schluss damit, wir wollen jetzt rechnen!«

»Du vielleicht, ich will aber lieber lesen, lange Liese!«, quäkte Sponki. »Habe gestern so toll geübt! Darf ich mal?«

Das war zu viel für Charlotte. Mit hochrotem Kopf stand sie auf, brachte mit Mühe ein weiteres

»Entschuldigung!« hervor und stürzte aus der Klasse. Sie rannte zur Mädchentoilette, schloss sich in einer Kabine ein und fing an zu weinen.

»Na, na!«, quäkte Sponki, der ihr gefolgt war. »Was ist denn los?«

»Du bist so gemein!«, schluchzte Charlotte. »Ich habe dir doch gesagt, du sollst die Klappe halten. Was mache ich jetzt nur? Mein Gott, ist das peinlich!« Verzweifelt hielt sie sich den Arm vor die Augen.

»Bist du böse auf mich?« Sponkis Stimme klang unsicher.

»Und wie!«, platzte es aus Charlotte heraus. »Ich will dich nicht mehr sehen!«

»Du siehst mich ja auch nicht«, entgegnete Sponki wahrheitsgemäß. »Ich wollte doch nicht, dass du dich über mich ärgerst. Ehrlich nicht!« Sponki fing nun auch zu weinen an. »Bist du jetzt nicht mehr meine Freundin?«

Schritte näherten sich – Frau Lieselang. »Charlotte? Bist du hier?«

»Wehe, du gibst auch nur noch einen Mucks von dir! Hau endlich ab!«, flüsterte Charlotte und laut antwortete sie: »Ja, ich bin hier. Einen Moment noch.« Sie wischte sich die Tränen ab, putzte sich die Nase und trat aus der Kabine.

Noch einmal versicherte sie ihrer Lehrerin, wie Leid es ihr tue. Eigentlich hätte sie gern gesagt, dass sie gar nichts dafür könne. Aber das war schwierig zu begründen und so ließ sie es bleiben.

»Schon gut«, sagte Frau Lieselang. »Hauptsache, das kommt nicht noch einmal vor!«

Gemeinsam kehrten sie in die Klasse zurück, wo sich Tobias und Malte gerade eine Schlägerei lieferten.

In der großen Pause umringten alle Charlotte. Es hatte sich natürlich herumgesprochen, dass sie bauchreden konnte und ihre Lehrerin *lange Liese* genannt hatte. Verständlich, dass die meisten eine Zugabe hören wollten. Aber Charlotte lehnte das strikt ab. Sie wollte nur in Ruhe gelassen werden. Sonst nichts.

Und Sponki? Hielt er sich noch in der Nähe auf?

Ja, in der Nähe schon. Er saß auf dem Turnhallendach, an seine blaue Banane gelehnt, und war verzweifelt.

In der dritten und vierten Stunde hatte Charlottes Klasse Sport, in der fünften Religion. Als um Viertel nach zwölf die Glocke zum Schulschluss ertönte, stürmten mindestens hundert Kinder aus dem Gebäude.

Sponki schaute vom Turnhallendach hinab. Da kam endlich auch seine Freundin. Ob sie wohl wenigstens zu ihm hochschaute?

Ja, das tat sie. Mit einem Gesicht, als ob sie gerade eine Zitronenscheibe gelutscht hätte. Sie war ihm wirklich böse.

Aber warum eigentlich? Sponki konnte es nicht verstehen. Immerhin hatte er doch die ganze Klasse zum Lachen gebracht. Die Kinder hatten Charlotte bewundert für ihre Fähigkeit, mit dem Bauch zu reden. Sonst war doch gar nichts passiert. Komisch, dachte Sponki, die Menschen freuen sich zwar selbst gern. Aber anderen bereiten sie ungern eine Freude. Genau wie Otto neulich, als Sponki den Rosinen ein paar Geschenke gemacht hatte. Was war daran falsch gewesen? Tja, er würde noch viel lernen müssen. Plötzlich fiel ihm der Kerl ein, der ihn gestern in den Schwitzkasten genommen hatte. Das hatte richtig wehgetan und dieser Mensch hatte noch Spaß daran gehabt. Nicht zu glauben! So was gab es auf dem Ulysius alles nicht. Frustriert kletterte er vom Dach und folgte Charlotte. Nein, er wollte sie nicht ansprechen. Er wollte nur hinter ihr ins Haus schlüpfen und vor Wagners Tür warten, bis er zu Otto hineingelangen konnte.

Herren in Weiß

Drei Stunden dauerte es, bis Sponki von unten eilige Schritte hörte. Ein Mann in einem weißen Kittel und mit einem braunen Köfferchen kam herauf und da endlich öffnete sich bei Wagners die Tür.

Ottos Mutter schien den Mann erwartet zu haben. »Tag, Herr Doktor! Gut, dass Sie kommen! Mein Kleiner hat so hohes Fieber. Ich mache mir richtig Sorgen.«

Der Mann, der den Namen *Doktor* hatte, trat ein. Direkt hinter ihm huschte Sponki in die Wohnung.

Oje, Otto sah wirklich fürchterlich aus. Seine Haare klebten ihm am Kopf und sein Blick war glasig. Sponki beobachtete, wie Herr Doktor in Ottos Hals schaute. Lustig, Otto sollte A sagen. Das war doch kinderleicht und er schaffte es natürlich auch.

Danach nahm der Mann ein Ding aus seinem Köfferchen, das an einem Ende so ähnlich wie eine

Brille aussah, am anderen Ende aber einen Saugnapf hatte. Die Brillenbügel steckte er sich in die Ohren und mit dem Saugnapf fuhr er auf Ottos Brust herum. Dazu nickte er bedeutsam mit dem Kopf. Schließlich schob er Otto ein Glasstäbchen unter die Achseln.

»Tja, Frau Wagner, es besteht zwar kein Grund zur Beunruhigung. Aber mir wäre es lieber, wir checken Otto mal gründlich im Krankenhaus durch. Er hat vermutlich eine leichte Lungenentzündung und dort bekommen wir das viel schneller in den Griff.«

Otto machte ein entsetztes Gesicht. »Nein! Nicht ins Krankenhaus!«, wimmerte er. »Ich will nicht.«

Aber seine Mutter hielt wohl mehr zu Herrn Doktor. Als sie mit dem das Zimmer verließ, sprachen sie bereits davon, was Otto im Krankenhaus wohl alles brauchen werde.

»Pst!«, machte Sponki.

Otto hatte es nicht gehört, weil er weinte.

»Psssst!!!«, wiederholte Sponki

Und endlich horchte Otto auf. »Bist du es?«

»Die Frage ist dumm«, sagte Sponki. »Jeder, den du fragen würdest, ob er es sei, müsste doch mit Ja antworten.«

Aber für solche Überlegungen hatte Otto jetzt

keinen Sinn. Verzweifelt boxte er sein Kopfkissen. »Ich muss ins Krankenhaus und will nicht«, jammerte er.

»Warum denn nicht? Vielleicht wird es doch lustig«, versuchte Sponki seinen Freund aufzumuntern.

»Du hast ja keine Ahnung!«, entgegnete Otto. »Ich habe Angst. Ich will zu Hause bleiben.«

»Kein Problem«, quäkte Sponki. »Dann gehe ich eben für dich. Ich habe nämlich keine Angst.«

Otto dachte scharf nach. Draußen hörte man seine Mutter schon mit der Klinik telefonieren. »Würdest du das echt für mich tun?«

»Aber sicher doch!«, bestätigte Sponki. »Schnell, überkreuze die Arme. Und auf drei fangen wir an.«

Die Tür ging wieder auf. Frau Wagner und Herr Doktor kamen genau in dem Moment herein, als man den leisen Pfiff hören konnte, der stets dem Aberbeberbiberböberbüber folgte.

»Wir können sofort kommen«, erklärte Ottos Mutter. »Ich habe im Elisabeth-Krankenhaus angerufen.« Sie öffnete Ottos Kleiderschrank, nahm eine Sporttasche heraus und füllte diese mit ein paar Unterhosen und Socken sowie einem frischen Schlafanzug.

Der Mann in dem weißen Kittel setzte sich ans

Bett, sah auf das Glasstäbchen und notierte sich etwas auf einem Zettel. »Du wirst sehen, bald bist du gesund und kannst wieder zur Schule gehen.«

»Au fein!«, frohlockte Sponki. »Da lerne ich dann endlich besser schreiben.«

Frau Wagner sah ihn kopfschüttelnd an. »Er fiebert, Herr Doktor. So etwas würde er sonst nie sagen. Unser Otto geht nämlich sehr ungern zur Schule.«

Sponki lief die Nase. Aber weil er noch nicht gelernt hatte, wie man ein Taschentuch benutzt, wischte er den Rotz am Kittel des Herrn Doktor ab. Zum Glück hatte es Frau Wagner nicht gesehen.

»Igitt, wie es hier stinkt!«, empörte sich Sponki, als er zusammen mit Ottos Mutter das Krankenhaus betrat.

Eine Frau, die ungefähr so angezogen war wie Batman, erklärte ihnen, wo sie sich vorstellen sollten. Dann gingen sie zum Lift. Damit zu fahren war herrlich! Darüber konnte Sponki die Halsschmerzen und die Schlappheit total vergessen. Im vierten Stockwerk wurden sie von einem Mann in Empfang genommen, der komischerweise auch *Doktor* hieß. Sponki merkte sich: Männer in weißen Kitteln heißen *Doktor*.

»Schön, dass Sie da sind«, flötete Sponki. »Möchten Sie nicht ablegen?«

Frau Wagner war das sichtlich peinlich.

Sie folgten Herrn Doktor in einen kleinen Raum und Sponki musste sein T-Shirt ausziehen. Auch dieser Mann hatte einen Apparat, mit dem er auf Sponkis Brust und Rücken herumfuhr. Das kitzelte wahnsinnig und Sponki kicherte sich halb tot, obwohl er sich eigentlich recht elend fühlte. Nun sollte er den Mund aufmachen und, wie Otto vorhin, A sagen. Das war aber gar nicht so leicht, weil Herr Doktor ihm dabei mit einem weißen Plastikding die Zunge herunterdrückte.

»Vermutlich nur eine schwere Erkältung«, sagte er zu Frau Wagner. »Aber um sicherzugehen, machen wir eine Röntgenaufnahme. Bitte melden Sie sich im sechsten Stock, Zimmer 609. Danach sehen wir uns hier wieder!« Und schon rauschte er aus dem Zimmer.

Sponki freute sich, denn nun konnten sie noch einmal mit dem Lift fahren. Damit es etwas länger dauerte, drückte Sponki zunächst den untersten Knopf mit K wie Kuckuck. Sofort fuhr der Lift hinunter in den Keller des Krankenhauses. Dort war es ziemlich dunkel. Keine Menschenseele weit und breit.

»Schnell, wieder rauf!«, kommandierte Ottos Mutter.

Aber was für ein Pech, die Tür des Lifts ging nicht mehr zu! Egal, auf welchen Knopf sie drückten. Sie waren also gezwungen auszusteigen und eine Treppe zu suchen. Sieben Stockwerke zu Fuß, das brachte Frau Wagner ganz schön ins Schwitzen. Sie schimpfte mit Sponki – als könnte der etwas dafür.

Vor dem Zimmer 609 warteten schon andere Leute. Sie erfuhren, dass es noch ungefähr eine halbe Stunde dauern würde, bis sie an der Reihe seien. Frau Wagner nahm eine Illustrierte aus ihrer Handtasche und vertiefte sich darin.

Ich gehe ein wenig spazieren, beschloss Sponki im Stillen und marschierte los, ohne dass Frau Wagner es bemerkte.

Unglaublich, wie viele Zimmer es hier gab. Bei einem stand die Tür offen und Sponki lugte hinein. Vier Betten, alle leer. An der Decke hing ein eingeschalteter Fernsehapparat ohne Ton. Sponki wunderte sich über den Film. Gezeigt wurde die ganze Zeit ein grüner Rasen, auf dem bunt angezogene Männer hinter einem Ball herrannten. Jeder schien ihn haben zu wollen und hatte er ihn endlich, schoss er ihn gleich wieder von sich weg. Das war langweilig. Sponki vermutete, dass die Leute, die eigentlich in die Betten gehörten, deswegen woanders hingegangen waren.

Er sah sich im Zimmer etwas genauer um. Vor jedem Bett stand ein Schränkchen auf Rädern. Darauf lagen Armbanduhren, Bücher, Bananen und Fotos. Man konnte die Schränkchen wunderbar hin und her schieben. Sponki rollte alle an die Wand und probierte aus, welches am schnellsten rollte, wenn man ihm einen Stoß gab. Rums, gegen

die Wand! Dann interessierten Sponki die Kabel, die aus den Betten hingen und an denen Schalter mit zwei Knöpfen angebracht waren. Beide probierte er aus. Drückte man den oberen, sauste einem das Kopfteil entgegen. Benutzte man den unteren, senkte es sich wieder. Das machte Spaß. Er probierte es mit allen vier Betten aus. Bei einem kam unter dem Kopfkissen ein Heftchen herausgerutscht. Lauter Frauen, die nichts anhatten. Sponki wunderte sich.

An der Wand gab es noch weitere Schaltknöpfe, aber sooft er auch darauf drückte, es tat sich gar nichts. Das heißt doch. Eine Frau in weißen Kleidern kam angerannt und wollte wissen, was los sei.

»Nichts, Frau Doktor«, erklärte Sponki. »Ich spiele nur!«

Die Frau lachte und warf ihn hinaus.

Sponki trottete zurück zu Ottos Mutter und endlich durften sie ins Zimmer 609. Sponki musste sich oben herum ausziehen und in einen Apparat hineinstellen, der ihn ein wenig an die Blaue Banane erinnerte. Ganz tief sollte er einatmen, die Luft anhalten. Es machte *klack*.

»Das war's schon«, erklärte eine junge Frau, die er zunächst gar nicht wahrgenommen hatte. »Melden Sie sich jetzt bitte wieder bei Doktor Wiesengrund in 416.«

Frau Wagner half beim Anziehen, weil Sponki auf einmal nicht mehr wusste, wo beim Pullover vorne und wo hinten war. Natürlich wollte er gern wieder Lift fahren, aber Ottos Mutter war strikt dagegen.

Zwanzig Minuten verstrichen, bis Herr Doktor sie endlich in sein Zimmer ließ. Er hatte ein großes Foto in der Hand. Er nahm seine Brille ab und hielt sich das Bild dicht vor die Augen. Darüber musste Sponki lachen. Auf dem Ulysius hatte man ihm erzählt, die Menschen benützten Brillen, um besser zu sehen. Das Gegenteil war wohl der Fall.

»Tatsächlich!«, sagte der Arzt zu Frau Wagner. »Eine leichte Lungenentzündung. Wir behalten Ihren Sohn zwei, drei Tage hier.« Er rief eine Krankenschwester herbei, die Sponki einweisen sollte.

Was gut war: Sponki durfte sich aussuchen, ob er lieber zusammen mit zwei anderen Jungs in seinem Alter wohnen wollte oder allein. Mit Gesellschaft wäre es bestimmt lustiger, überlegte sich Sponki. Aber dann könnte ihn Otto nicht besuchen kommen. Also entschied er sich für das Einzelzimmer.

Frau Wagner half ihm beim Ausräumen der Sporttasche, drückte ihm mindestens zehn Küsse auf die Stirn und versprach, schon am Abend wiederzukommen. »Soll ich dir noch etwas mitbringen?«, fragte sie und wischte sich eine Träne aus den Augen.

»Ja«, antwortete »Otto«. »Bring mir meine Schultasche mit. Ich will unbedingt lesen und schreiben üben!«

»Schätzchen, du musst wirklich krank sein!« Ottos Mutter schüttelte den Kopf.

»Und noch was!«, rief Sponki ihr nach.

»Ja?«

»Charlotte soll mich besuchen. Gleich morgen!«

Eine Lesenacht im Krankenhaus

Otto hatte natürlich vor, seine Eltern am Abend zu begleiten. Sponki tat ihm Leid. Eigentlich hätte ja er selbst jetzt im Krankenhaus liegen müssen. Stattdessen fühlte er sich pudelwohl. Allerdings war es langweilig zu Hause. Wenn er wenigstens hätte fernsehen können! Aber als Unsichtbarer war es ihm ja nicht möglich, den Apparat einzuschalten. Nach vier Stunden Warten war Otto so müde, dass ihm die Augen zufielen. Er wachte erst auf, als seine Eltern wieder vom Krankenhaus heimkehrten.

Tatsächlich war Sponkis Fieber schon nach der ersten Tablette, die er nach dem Abendessen hatte einnehmen müssen, rapide gesunken. Auch das Schlucken tat nicht mehr weh. Aber im Bett zu liegen war stinklangweilig und Sponki wurde sehr traurig, weil Otto nicht mitgekommen war.

Um neun Uhr trat die Frau im weißen Kittel ein und wünschte ihm eine gute Nacht. Es klang allerdings eher wie ein Befehl, fand Sponki. Er solle jetzt das Licht ausmachen und schlafen. Daran war aber gar nicht zu denken. Schlafen konnte er nur in der Blauen Banane und die war weit weg.

Sponki wartete, bis es ruhig geworden war. Dann schlüpfte er aus dem Bett, zog Ottos Bademantel an und verließ das Zimmer. Wenn schon Krankenhaus, dann wollte er auch etwas erleben. Lift fahren zum Beispiel. Zwei Stunden lang fuhr er zwischen Erdgeschoss und zwölftem Stock hin und her. Danach spazierte er einfach durch die Gänge.

»Na, junger Mann, kannst du auch nicht schlafen?«

Sponki fuhr zusammen. Er drehte sich um und sah ins Gesicht eines ziemlich großen Mannes, der ebenfalls einen Bademantel trug.

»Genau«, antwortete Sponki.

»Da sind wir schon zwei«, lachte der Mann. »Sollen wir uns zusammen ein wenig die Zeit vertreiben?«

Sponki war begeistert. »Au ja! Bestimmt können Sie mir etwas beibringen!«

Der Mann stutzte und erkundigte sich nach seinem Namen.

Fast hätte Sponki vergessen, dass er hier Otto war. Wie er, wohnte der Mann in einem Einzelzimmer. Das war praktisch. Aber, ach, was für eine Unordnung hier herrschte! Auf dem Fußboden stapelten sich haufenweise Bücher. Auf dem Rollwagen und über das ganze Bett verteilt lagen lose Blätter und verschiedene Kugelschreiber. Und auf dem Besucherstuhl, den der Mann als Ersatz für einen Tisch benutzte, knatterte ein eingeschaltetes Notebook.

»Nimm doch Platz«, lud sein Gastgeber Sponki ein. Er raffte die Blätter zu einem Stapel zusammen und strich die Decke glatt.

Beide machten es sich einigermaßen bequem. Der Mann hatte sogar eine Flasche Orangensaft. Sponki war von dem Geschmack so begeistert, dass er gleich zwei volle Gläser nacheinander hinunterstürzte. Warum er denn im Krankenhaus sei, wollte der Mann wissen, und Sponki verriet es ihm.

Und wie es fast immer ist, wenn ein Kind einen Erwachsenen kennen lernt oder ein Erwachsener ein Kind, kam das Gespräch unweigerlich auf die Schule. Sponki, der sich ja als Otto Wagner vorgestellt hatte, gab vor, in die dritte Klasse zu gehen. Das war nicht einmal geschwindelt: Otto besuchte die dritte Klasse. Allerdings war es da nicht gerade einfach, zu erklären, warum er so schlecht lesen und schreiben konnte. Das aber kam sehr schnell heraus und lügen konnte Sponki ja nicht.

Sponkis Gastgeber war nämlich von Beruf Schriftsteller. Deshalb auch die Unordnung im Zimmer, erklärte er, deshalb die vielen Bücher und Blätter. Zurzeit arbeite er an einem neuen Kinderbuch.

Sponki wollte natürlich wissen, wovon das handle.

Statt eine Antwort zu geben, nahm der Mann das Notebook vom Stuhl und legte es vorsichtig auf Sponkis Beine. »Lies selbst!«

Sponki starrte auf die Buchstaben. Ein paar Wörter kamen ihm zwar bekannt vor, aber es waren viel zu wenige. Ratlos kratzte er sich am Kopf.

»Möchtest du nicht lesen? Hast du keine Lust?«, erkundigte sich der Schriftsteller und befreite ihn wieder von dem ziemlich schweren Notebook.

»Möchten schon. Und wie!«, gestand Sponki. »Ich kann nur nicht. Bin nämlich noch nicht lange auf der Schule, deshalb!«, erklärte er.

»Wie das?«, wollte der Mann wissen. »Du hast doch gesagt, du gehst in die dritte Klasse?«

»Ja, das schon ...«, stammelte der kleine Ulli. »Aber erst seit ein paar Tagen ...«

»Und vorher?«, unterbrach ihn der Mann. »Was hast du vorher gemacht?«

Sponki begann zu schwitzen. Sollte er jetzt mit der Wahrheit herausrücken und damit riskieren, dass der Mann ihm einen Vogel zeigen oder ihn auslachen würde? »Versprechen Sie mir, dass Sie nicht lachen?«

Der Mann versprach es.

Also erzählte Sponki. Erzählte, dass er eigentlich kein Mensch, sondern ein Ulli war. Dass er auf der Erde nur zu Besuch weilte und den Auftrag hatte, die Kunst des Lesens und Schreibens zu erlernen. Und weil er einmal dabei war, erzählte er alles, was er bisher mit Charlotte und Otto erlebt hatte.

Zu seiner Überraschung hörte sich der Schriftsteller seinen Bericht mit ernstem, jedoch freundlichem Gesicht an. An einigen Stellen nickte er sogar aufmunternd, um ihn zum Fortfahren zu bewegen. Dabei goss er Sponki sein drittes Glas Orangensaft ein.

»So ist das nämlich!«, schloss Sponki und nahm einen Schluck. »Ich hoffe, Sie glauben mir!«

Ein Lächeln legte sich auf das Gesicht des Schriftstellers. Er öffnete den Mund, suchte aber noch nach den richtigen Worten. Schließlich sagte er: »Um ehrlich zu sein, ich glaube dir kein Wort von deiner Geschichte. Aber ich finde sie klasse. Du hast eine Menge Phantasie!«

Das war nicht das, was Sponki gern gehört hätte. Seine Miene verfinsterte sich.

»Sei nicht traurig!«, fuhr der Mann fort. »Mir glaubt man auch nicht alles, was ich sage. Fest steht jedenfalls, dass du gerne besser lesen und schreiben können würdest. Weißt du was?«

Sponki sah den Mann mit großen Augen an und schüttelte den Kopf.

»Du bist ein so helles Kerlchen – ich denke, ich kann dir das ziemlich rasch beibringen.«

Sponki strahlte. »Au ja! Können wir sofort anfangen?«

Der Schriftsteller sah auf seine Armbanduhr. »Schon weit nach Mitternacht. Aber egal, ich vermute, wir zwei können sowieso nicht schlafen. Fangen wir also gleich an! Welche Arten von Wörtern kennst du denn?«

Sponki dachte scharf nach. »Ganz kurze, ziemlich kurze, lange und sehr lange Wörter, wenn Sie das meinen.«

»Nicht schlecht!«, lachte der Mann. »Du brauchst mich übrigens nicht zu siezen. Ich heiße Christian.« Und dann holte er weit aus, erklärte Sponki, was ein Hauptwort ist und was ein Zeitwort, was ein Fürwort ist und was ein Eigenschaftswort.

Sponki hörte gespannt zu und merkte sich alles.

»Siehst du, aus diesen Wortarten bestehen Sätze. Wenn man das weiß, fällt einem das Schreiben schon viel leichter«, fuhr Christian fort. Dann nahm er ein Buch vom Rollwagen. Vorn auf dem Deckel waren zwei lustig aussehende Kinder abgebildet, die vor einem Klavier saßen. »*Die Klimperzwillinge*«, erläuterte Christian. »Habe ich selbst geschrieben. Soll ich dir den Anfang mal vorlesen?«

Sponki war entzückt. Na klar sollte Christian vorlesen. Am liebsten das ganze Buch. Aber das tat der Schriftsteller nicht. Er beschränkte sich auf das erste Kapitel. Dann erkundigte er sich, ob Sponki alles verstanden habe. Als der nickte, gab Christian ihm das Buch und forderte ihn auf, nun seinerseits vorzulesen. Zunächst ging das nur sehr stockend. Doch immer wenn Sponki ein Wort Mühe machte, half ihm Christian und sprach es ihm vor. Nach einer Weile konnte Sponki zu seiner eigenen Überraschung das erste Kapitel flüssig vorlesen. Und siehe da, auf einmal machte es ihm gar nichts aus, das zweite Kapitel ebenfalls vorzulesen. Aus dem ersten hatte er genug gelernt, dass es mühelos klappte.

»So einfach ist das also?« Sponki entfuhr ein Seufzer der Erleichterung.

»Aber ja doch!«, lachte Christian. »Du kannst also lesen! Und wer lesen kann, der müsste eigentlich auch schreiben können. Willst du es mal versuchen?«

»Nichts lieber als das!«, entgegnete Sponki. Er nahm ein leeres Blatt und einen Kugelschreiber zur Hand und schrieb: *Ottos Mops kotzt.*

Christian brach in schallendes Gelächter aus. »Nicht schlecht für den Anfang. Wie wär's denn jetzt mal mit dem Satz: *Ferdinand und Franziska Klimperer waren wirklich keine Zwillinge?*«

»So fängt dein Buch an«, erinnerte sich Sponki.

»Genau. Hast du ja gerade prima vorgelesen. Jetzt schreib den Satz mal selbst«, forderte ihn der Schriftsteller auf.

Sponki versuchte sich zu erinnern, wie die Wörter ausgesehen hatten, und krakelte sie aufs Papier.

Christian hatte zwar etwas Mühe, Sponkis Schrift zu entziffern, klopfte ihm dann aber begeistert auf die Schulter. »Super! Nicht ein Fehler!«

Bei *Oktavia Kleinterz wusste längst Bescheid,* dem ersten Satz aus dem nächsten Kapitel, musste Sponki zwar wieder scharf nachdenken. Aber auch dieser gelang ihm fehlerfrei. Ebenso der dritte, vierte und fünfte Satz.

»So einfach ist das also?« Sponki konnte es kaum fassen. Er fühlte sich so glücklich wie noch nie zuvor in seinem Leben. Er verstand überhaupt nicht mehr, warum die Ullis es nicht längst geschafft hatten, lesen und schreiben zu lernen.

In dieser Nacht erfuhr er dann noch viel mehr. Christian erzählte ihm von fernen Ländern und Kontinenten, von Tieren und Pflanzen. Sponki lauschte mit weit geöffneten Ohren. So saßen die beiden die ganze Nacht auf dem Bettrand.

Der Schriftsteller schickte Sponki erst fort, als man draußen auf dem Gang das Klappern der Teekannen hörte. »Gleich kommt die Schwester und bringt das Frühstück. Besser, du liegst dann wieder in deinem Bett!«, meinte er.

»Deine Schwester? Ist sie jünger oder älter als du?«, wollte Sponki wissen.

»Die Krankenschwester. Mit der bin ich nicht verwandt«, lachte der Schriftsteller. »Jetzt aber ab durch die Mitte! Und besuch mich bald wieder, okay?«

Sponki versprach es.

Sponki zaubert

Genau in dem Moment, als Frau Wagner und hinter ihr der unsichtbare Otto ins Zimmer traten, prüfte Dr. Wiesengrund das seltsame Glasstäbchen. Sponki wusste inzwischen, dass es *Fieberthermometer* hieß.

»37 Komma 6«, verkündete der Arzt mit strahlendem Gesicht. »Ihr Söhnchen macht sich prima!«

»Hi, Sponki!«, begrüßte der unsichtbare Otto seinen Freund, als die beiden Erwachsenen draußen auf dem Gang waren, um unter vier Augen zu reden. »War's schlimm?«

»Nanu! Du? Mit dir habe ich ja schon gar nicht mehr gerechnet«, entgegnete Sponki. Und er erzählte und erzählte, bis er irgendwann herzhaft gähnen musste. Dringend brauchte er jetzt Schlaf. Deshalb bat er Otto, mit ihm so lange die Körper zu tauschen, bis er sich in der Blauen Banane erholt haben würde. »Ich komme auf jeden Fall heute Abend zurück, dann kannst du wieder abhauen!«, versicherte Sponki. Er freute sich schon auf die nächste Nacht, in der er noch mehr von Christian erfahren wollte.

Doktor Wiesengrund und Frau Wagner wunderten sich ein wenig über das Pfeifgeräusch, das sie hörten, als sie ins Zimmer zurückkehrten. Gleichzeitig huschte Sponki hinaus.

»Spon-ki! Spooon-kiii!«

Sponki schreckte hoch. Hatte er die Stimmen geträumt? Nein, wieder hörte er: »Spooon-kiii!« Hastig öffnete er die Blaue Banane und trat aufs Turnhallendach.

Auf dem Schulhof standen Charlotte und Otto.

Otto! Ihm hatte Sponki doch versprochen, dass er nach einem Nickerchen ins Krankenhaus zurückkehren und mit ihm tauschen würde. Verflixt!

»Hier!«, quäkte der kleine Ulli.

»Na, Gott sei Dank!«, entfuhr es Charlotte und Otto im Chor. »Wo warst du denn so lange?«

»So lange?« Sponki war noch immer nicht richtig wach. Er schüttelte sich.

»Ja. Du hast fast drei Tage nichts von dir hören lassen«, meckerte Otto. »Es ist schon Samstag.«

Drei Tage! Sponki hatte also beinahe siebzig Stunden geschlafen. Ein schlechtes Gewissen plagte ihn.

Bei Otto im Krankenhaus war es zum Glück nicht so schlimm gewesen. Er hatte noch am selben Nachmittag nach Hause gedurft und nach zwei weiteren Tagen Bettruhe war er nun wieder fit wie ein Turnschuh.

»Du hast also Christian gar nicht kennen gelernt?«, erkundigte sich Sponki nach seinem Lehrmeister.

»Nö!«

Charlotte bat den unsichtbaren Freund, endlich vom Dach zu klettern, damit sie nicht so laut sprechen mussten.

Dann kam Otto mit einer Bitte heraus: Am Nachmittag war er zur Geburtstagsparty bei seinem Freund Jacob Mayr eingeladen. Jeder Gast sollte verkleidet erscheinen und etwas vorführen. Otto hatte sich überlegt als Zauberer aufzutreten. Mit dem schwarzen Wintermantel seiner Mutter und dem Schlapphut seines Vaters sei für das Kostüm schon gesorgt. Nun würde er aber gern wirklich etwas zaubern, um die anderen Kinder mal so richtig zu verblüffen. Ob er, Sponki, ihm helfe?

Na klar, Sponki machte doch alles mit, was lustig

zu werden versprach. Wie Otto sich die Sache denn genau vorgestellt habe, wollte er wissen. Und Otto erklärte es ihm.

Zwei Stunden später war es schon so weit.

Sponki musste über die anderen Kinder mächtig lachen. Zwei Mädchen hatten sich als Pokemons verkleidet, ein anderes als Dracula und ein Junge als Thomas Gottschalk. Zuerst wurde Kuchen gegessen. Daran hatte Otto wohl nicht gedacht, denn sonst hätte er erst später mit Sponki die Körper getauscht. Kuchen liebte er über alles und musste nun neidvoll zusehen, wie Sponki locker fünf Stücke Käsekuchen verdrückte. Dann aber begann das Programm.

»Meine verehrten Damen und Herren!«, setzte Sponki an. »Nicht umsonst habe ich mich heute hier als Zauberer eingefunden. Zu Ehren Jacobs werde ich nun eine Vorstellung der höchsten Güte geben!«

Alle wunderten sich über Ottos Ausdrucksweise und weil niemand damit rechnete, was kurz darauf geschehen würde, lächelten sie ungläubig.

»Ich werde euch nun beweisen, dass ich wirklich zaubern kann!« Sponki ließ sich von Jacobs Mutter die Augen mit einem Schal verbinden.

»Wie ihr seht, sehe ich nichts«, fuhr er dann fort.

»Damit ihr aber nicht denkt, ich würde schummeln, bitte ich euch das Zimmer zu verlassen. Tretet vor die Tür und wartet ab.«

Ein wenig verunsichert, was das denn nun sollte, gehorchten alle. Zeit genug für Sponki, zwei Stückchen Obsttorte in eine Serviette zu wickeln und in die Manteltasche zu stecken. So würde Otto wenigstens später auch noch etwas abbekommen. War das nicht nett von ihm?

»Ein jeder von euch zeige mit den Fingern einer Hand eine Zahl!«, rief Sponki. »Ich werde euch die Summe der gezeigten Zahlen nennen.«

Otto, der natürlich mit hinausgegangen war, zählte eifrig Finger, eilte dann zu Sponki zurück und flüsterte ihm das Ergebnis zu.

»Meine Damen und Herren, es handelt sich um die Sieben.«

Ein Raunen ging durch Mayrs Wohnung.

»Sagenhaft!«, entfuhr es Jacobs Vater.

»Unglaublich!«, hauchte Pokemon 1.

»Nicht zu fassen!«, kommentierte Thomas Gottschalk. »Aber wetten, dass er das nicht noch mal schafft?«

»Genau! Zugabe!«, forderten die anderen den zaubernden Gast im Nebenzimmer auf.

»Also gut! Und um die Sache noch schwieriger

zu machen, nehmt jetzt beide Hände. Jeder zeigt eine Zahl von eins bis zehn.«

»Das schafft Otto nie!«, brüllte Jacob, der sich seinen Geburtstag nicht so toll vorgestellt hatte, vergnügt und schadenfroh.

»Fertig?« Sponki wartete ab.

»Fertig!«, rief sein Publikum im Chor.

Zwanzig Sekunden verstrichen und allmählich wurde Sponki ungeduldig. Endlich kam Otto zurück und flüsterte ihm ein.

Sponki ließ seine Stimme ertönen: »Ich sehe, dass ihr mich mit einem Trick auf die Probe stellen wollt. Ein weiterer Gast ist zu euch gestoßen, von dem ich noch nichts weiß. Aber macht nichts. Mich täuscht ihr nicht! Die Dame – ich vermute, es handelt sich um Jacobs Oma – zeigt die Neun. Zusammen mit euch anderen ergibt das also die 33!«

Ein nicht enden wollendes Gekreisch brach aus. Keiner konnte es fassen. Okay, den einen oder anderen Zaubertrick kannte man ja schon vom Fernsehen. Aber so etwas hatten sie noch nie erlebt. Begeistert stürzten sie in Jacobs Zimmer zurück und bedrängten Sponki, er möge sein Geheimnis lüften. Das aber tat er natürlich nicht.

»Kannst du noch etwas anderes?«, wollte Pokemon 2 wissen.

Sponki erbat sich drei Minuten Bedenkzeit. Dazu müsse er aber allein sein, erklärte er und Herr Mayr führte ihn in den Garten.

»Komm, lass uns zurücktauschen. Dann kann ich schnell den Kuchen essen, bevor er Matsch ist!«, bat Otto, als sie weit genug vom Haus entfernt waren.

Sie merkten nicht, dass sie von Jacob beobachtet wurden, der aus dem Klofenster lugte. Jacob konnte sich natürlich keinen Reim auf das machen, was er sah: Otto streckte die Hände aus, überkreuzte sie, schüttelte sie gewaltig und sagte etwas dazu. Dann griff er in die Manteltasche und holte ein kleines Päckchen hervor. Er wickelte es auf. Es schien etwas Essbares darin zu sein.

Seltsam, dachte Jacob, der hat doch eben schon so viel gefuttert. Trotzdem hat er sich noch Butterbrote mitgebracht?

Sponki wollte wissen, ob Otto noch ein Trick eingefallen sei. Es machte ihm nämlich riesig Spaß, die anderen in Staunen zu versetzen.

Ja, Otto hatte bereits eine Idee. Allerdings mussten sie dafür abermals tauschen.

Der sprechende Ferrari

»Verehrtes Publikum!«, begann Sponki, nachdem sich alle um ihn versammelt hatten.

Jacobs Mutter war besonders aufgeregt. Sie hatte hektische Flecken im Gesicht.

»Ihr alle hier glaubt bestimmt, dass Gegenstände stumm sind. Oder ist einer unter euch, der schon einmal mit einer Blumenvase gesprochen hat?«

Allgemeines Kopfschütteln und Kichern.

»Ich auch nicht!«, fuhr Sponki fort. »Nun aber gebt Acht! Ich entdecke gerade auf dem Kleiderschrank ein Spielzeugauto.«

Jacob machte ein verblüfftes Gesicht, denn tatsächlich hatte er seinen roten Ferrari dort versteckt. Gerade weil er nicht wollte, dass die anderen Kinder ihn sahen und womöglich kaputtmachten. »Woher weißt du das?« Er konnte schließlich nicht ahnen, dass Otto auf Sponkis Schultern stand.

»Ein Formel-1-Rennwagen!«, gab Sponki bekannt. »Ich werde mich jetzt mit ihm unterhalten!«

»So ein Quatsch!« Pokemon 2 tippte sich an die Stirn.

»Jetzt dreht er voll durch!«, vermutete Thomas Gottschalk. Das mit dem Fingerzählen mochte ja ein ganz guter Trick gewesen sein, aber ein Spielzeugauto sprechen lassen? Unmöglich!

»Stell den Ferrari aufs Fensterbrett, Jacob!«, kommandierte Sponki.

Wohl oder übel stieg Jacob auf einen Stuhl, holte das gute Stück vom Schrank und stellte es aufs Fensterbrett.

»Und nun bitte ich alle Anwesenden sich scharf auf dieses Auto zu konzentrieren!«, sagte Sponki.

Im Zimmer wurde es so still, dass man eine Erbse hätte fallen hören, wenn eine gefallen wäre.

»Roter Ferrari«, sprach Sponki salbungsvoll, »fühlst du dich wohl auf dieser Fensterbank?«

Nichts. Keine Antwort. Pokemon 2 grinste schadenfroh.

»Roter Ferrari, ich wiederhole meine Frage: Fühlst du dich wohl auf dieser Fensterbank?«

Immer noch nichts.

Sponki wurde nervös. Ließ Otto ihn jetzt etwa hängen?

Natürlich nicht. Otto wollte es einfach spannender machen.

»Roter Ferrari, ich fordere dich zum letzten Male auf uns Rede und Antwort zu stehen: Fühlst du dich auf diesem Fensterbrett wohl?«

Die Ersten fingen bereits wieder zu schwätzen an, als Otto, der sich genau unter seinem Traumauto an die Wand gedrückt hatte, losquäkte: »Nein, nein, nein! Wohl fühle ich mich hier nicht.«

In den Gesichtern des Publikums stand ungläubiges Staunen. Sogar bei den Erwachsenen.

»Roter Ferrari, ich frage dich, möchtest du gern von hier weg?«

Diesmal beeilte sich Otto mit der Antwort: »Am liebsten gehörte ich dir, großer Zauberer.«

Jacob sprang auf. »Niemals! Den gebe ich nicht her.« Um ein Haar hätte er zu weinen angefangen.

»Gut. Ich bleibe, aber nur unter einer Bedingung. Sag bitte!«, hörte man das Auto quäken.

»Bitte bleib bei mir!«, gehorchte Jacob und das Spielzeug antwortete mit einem heiseren »Okay!«.

Erleichtert atmete Jacob aus.

Alle schauten auf Sponki. Der warf sich in die Brust und sagte: »Das war's!«

Begeisterter Applaus seines verblüfften Publikums setzte ein. Auch Jacob klatschte.

Ganz besonders aus dem Häuschen war Herr Mayr, der es sich nicht nehmen ließ, lange und anhaltend Sponkis Hand zu drücken. »Unglaublich, Otto! Wie machst du das nur?«

Sponki wurde verlegen und zuckte mit den Achseln.

»Zeig uns doch noch einen Trick!«, bettelte Pokemon 1.

Otto aber war der Meinung, dass es nun genug sei. Flüsternd schlug er seinem Zauberpartner vor das Klo aufzusuchen, damit sie zurücktauschen konnten.

Nun waren also die anderen Gäste mit ihrer

Vorstellung an der Reihe. Die Pokemons spielten Pokemon, aber das war nicht besonders lustig. Besser kam Ralf an, der Thomas Gottschalk nachmachte und *Wetten, dass ...?* vorführte.

Alle blieben jedoch dabei, dass Ottos Auftritt der gelungenste war.

Schließlich klingelten die ersten Eltern, um ihre Kinder abzuholen. Niemand auf der Party konnte es glauben, wie schnell die Zeit vergangen war.

Otto war der letzte Gast. Jacob und seine Eltern brachten ihn zur Tür.

»Warte noch eine Minute!«, sagte Herr Mayr und verschwand in seinem Arbeitszimmer.

Wenig später kehrte er mit einem roten Ferrari in der Hand zurück. Ein wenig kleiner als Jacobs, aber genauso schön, fand Otto.

»Habe ich letzte Woche als Werbegeschenk bekommen. Ich mache mir nichts daraus. Du aber, denke ich mal, kannst ihn gut gebrauchen, oder?«

Ein heimlicher Besucher

In der Nacht konnte Sponki nicht schlafen. Ihm war es, als habe er etwas sehr Wichtiges vergessen. Und zack! Plötzlich fiel es ihm ein: Christian! Er hatte doch versprochen ihn zu besuchen. Bestimmt war der Schriftsteller jetzt enttäuscht. Vielleicht hatte man ihn längst aus dem Krankenhaus entlassen?

Ich muss sofort nachsehen, beschloss er. Und trotz der Dunkelheit machte er sich auf den Weg zum Krankenhaus.

Zunächst verirrte er sich und landete am Eingang des Zoologischen Gartens. Dann aber entdeckte er ein Schild. Er war richtig stolz darauf, es lesen zu können, und nun fand er den Weg ganz leicht. In Krankenhäusern ist auch nachts immer Betrieb, deshalb musste er nicht lange darauf warten, bis sich die Tür öffnete. Da er als Unsichtbarer die Knöpfe am Lift nicht drücken konnte, huschte er zu Fuß die Treppen zum vierten Stock hinauf.

Christians Zimmer stand offen und er war auch da.

Eine Krankenschwester stand an seinem Bett. »Sie sollten jetzt nicht mehr schreiben! Versuchen Sie doch endlich zu schlafen. Sonst wird das nichts mit dem Gesundwerden. Ich gebe Ihnen eine Beruhigungstablette!«

»Das ist sehr nett von Ihnen!«, bedankte sich Christian. »Nur noch zwei, drei Sätze, dann mache ich das Notebook aus. Versprochen!«

Sponki fiel auf, dass er ihn neulich gar nicht gefragt hatte, was ihm eigentlich fehle. Ullis denken an so etwas eben nicht, weil es auf dem Ulysius keine Krankheiten gibt. Neugierig beobachtete er, wie der Schriftsteller die Pille mit viel Wasser hinunterschluckte. Ach, wie gerne hätte er jetzt mit ihm gesprochen! Und er dachte darüber nach, was er Christian bei seinem hoffentlich baldigen Besuch erzählen würde, wenn er nicht unsichtbar, sondern als Otto käme. Dabei vergaß er ganz, dass er zusammen mit der Krankenschwester das Zimmer verlassen musste, um nicht eingesperrt zu werden.

Zu spät, die Tür hatte sich bereits geschlossen!

Jetzt musste er halt bis zum Frühstück abwarten. Wenn er seinen Lehrmeister nun ansprechen würde, müsste der ihm seine Geschichte wohl oder übel glauben. Sponki war kurz davor, ein freundliches Hallihallo zu quäken. Aber dann fielen ihm die Worte der Krankenschwester ein. Christian sollte natürlich gesund werden. Wenn er dazu Schlaf brauchte, wäre es nicht nett von Sponki, den Schriftsteller davon abzuhalten.

Still hockte er sich vor den Besucherstuhl und

schaute auf den kleinen Bildschirm. Sein Herz machte einen Hüpfer, als er die Sätze mitlas, die Christian in sein Notebook tippte, denn sie handelten von ihm, Sponki:

Lieber Andreas,

hier im Krankenhaus ist es wirklich langweilig – du kennst das ja. Vor ein paar Tagen jedoch habe ich eine Bekanntschaft gemacht, an die ich immer wieder denken muss. Oder habe ich dir schon am Telefon von Otto erzählt? Nein, gewiss nicht. Ein bemerkenswerter kleiner Kerl! Nie habe ich jemanden getroffen, der so schnell begreift wie er. Das Tollste aber war die Geschichte, die er mir auf die Nase gebunden hat. Muss ich dir unbedingt erzählen! Eigentlich wollte er mich noch einmal besuchen, aber ich habe erfahren, dass er vor zwei Tagen entlassen worden ist. Na ja, schön für ihn …

Der Schriftsteller schaltete das Gerät aus, deckte sich zu und löschte das Licht. Ein paarmal hüstelte er noch, dann wurde es ganz ruhig. Nach einer Viertelstunde hörte Sponki ihn leise schnarchen.

Das alles erzählte er Charlotte erst viele Tage später, als sie vom Hallenbad *Schwimmparadies* nach Hause trotteten.

Das Haus mit den Glocken

Es war längst hell, als Sponki zu seiner Blauen Banane zurückkehrte. Nanu, was klebte denn da auf dem Turnhallendach? Ein Zettel. Sponki erkannte Charlottes Handschrift.

Muss dich dringent sprechen! Komm bitte um Viertel vor neun zu unserem Haus.
Lotti

»Hihi«, kicherte Sponki, »*dringend* schreibt man doch nicht mit t! Und die nennt sich Klassenbeste!«

Um Viertel vor neun? Sponki kletterte vom Dach. Denn um nachzusehen, wie spät es jetzt war, musste er zum Zeitschriftengeschäft um die Ecke laufen. Dort hing im Schaufenster eine Uhr.

Halb neun schon! Jetzt lohnte es nicht mehr, sich schlafen zu stellen.

Langsam schlenderte er los.

Eine Viertelstunde später erschien Charlotte in der Haustür und sah sich vorsichtig um. »Sponki?«, flüsterte sie.

»Stets zu Diensten«, quäkte der.

»Gut, dass du meine Nachricht gefunden hast. Ich möchte dich nämlich um etwas bitten!«

»Nur heraus damit!«

»Heute Vormittag gibt es im Cinemaxx *Erich und die Fahrraddiebe*. Einzige Vorstellung, so ein Mist! Dabei möchte ich den Film so gern sehen.«

»Und wo liegt das Problem?«, quäkte Sponki.

»Na ja, ich muss doch sonntags immer in die Kirche. Aber wenn ich unsichtbar wäre, könnte ich ins Kino und bräuchte nicht einmal Eintritt bezahlen.«

»Fein, fein«, sagte Sponki. »Wollte immer schon mal in das Haus mit den Glocken.«

Man hörte bereits Schritte im Treppenhaus. Eile war angesagt.

»Aberbeberbiberböberbüber – Charlotte geht in Sponki über!«

Schon öffnete sich die Tür und Schultzes erschienen. Sie hörten noch den leisen Pfiff, dachten sich aber natürlich nichts dabei. Irgendwas pfeift ja immer auf der Straße. Gemeinsam mit Sponki setzten sie sich in Richtung Kirche in Bewegung.

»Du hättest die Müllers ruhig grüßen können!«, ermahnte Frau Schultze Sponki. »Kriegst wohl heute den Mund nicht auf!«

Sponki drehte sich zu den Leuten um, die gerade an ihnen vorbeigegangen waren. Aha, dachte er, Leute, die einem sonntags entgegenkommen, heißen *Müller*. Wieder was gelernt!

Da! Noch eine Frau mit Mann am Arm. Um nicht erneut getadelt zu werden, rief Sponki ihnen ein fröhliches »Guten Morgen, Müllers!« zu.

»Das waren Vogelsangs, nicht Müllers. Wie peinlich!«, zischte Charlottes Mutter.

Vogelsangs hatten sich jedoch zum Glück gar nicht angesprochen gefühlt.

Das Läuten der Glocken wurde immer lauter und Sponki hatte auf einmal große Sehnsucht nach dem Ulysius.

Wie vor einer Woche stand der Mann im schwarzen Umhang vor dem Eingangsportal und begrüßte jeden mit Handschlag. Der schien hier der Chef zu sein, so viel hatte Sponki mittlerweile kapiert.

Also ergriff Sponki dessen verschwitzte Hand und schüttelte sie kräftig: »Freut mich, dass Sie da sind!«

»Ganz meinerseits«, gab der Chef verwirrt zurück.

Es war bereits eine Minute vor zehn und die Kirche war brechend voll. Nur in der ersten Reihe fanden Schultzes noch Platz. Schwere Musik erdröhnte. Man konnte sein eigenes Wort kaum verstehen. Neugierig sah Sponki sich um. Ganz vorn befand sich ein riesiger Tisch aus Marmor. Darüber hing ein gigantisches Kreuz von der Decke herab.

Vorne rechts führte eine kleine Wendeltreppe zu einer Kanzel. Die Fenster des Gebäudes waren alle bunt und idiotischerweise so hoch, dass man sie gar nicht aufmachen konnte. Aber sonst erinnerte Sponki vieles an die Schule. Der Mann in Schwarz war wohl der Lehrer hier. Er schritt langsam auf den großen Tisch zu, nahm ein Buch in die Hand und drehte sich um. Langsam blickte er zu den Menschen im Raum auf und sagte mit tiefer Stimme: »Der Herr sei mit euch!«

»Welcher?«, sprudelte es aus Sponki heraus. »Hier sind ja ganz viele.«

Jetzt merkte er, dass es hier doch nicht wie in der Schule zuging, wo man Fragen stellen durfte, wenn man etwas nicht wusste.

Frau Schultze zischte Sponki ein »Bist du wahnsinnig?« zu und presste ihm die Hand auf den Mund. »Was soll denn der Herr Pfarrer denken?«

Aha, dachte Sponki. Der schwarze Mann war also weder Chef noch Lehrer, er war der Fahrer.

»Wir singen zunächst Lied 29, die Strophen eins bis vier!«, gab der Fahrer bekannt.

Erst jetzt sah Sponki, dass alle Leute ein eigenes Buch in der Hand hatten. Sogar Charlottes Eltern.

»Wo ist denn dein Gesangbuch?«, flüsterte Frau Schultze.

»Wenn ich das nur wüsste«, entgegnete Sponki.

Charlottes Mutter hielt das ihre zu ihm hinüber, sodass er mit hineinschauen konnte. Die Musik setzte ein, nun aber zum Glück viel leiser, und alle sangen drauflos. Es klang furchtbar. Hinter ihm zwitscherte eine Frau besonders laut und schief. Empört drehte Sponki sich um. Das Gesicht kannte er doch? Ja sicher! Frau Brubeck, die Schulsekretärin!

Nach dem Lied ergriff der Fahrer wieder das Wort. »Und Gott spricht: Ich habe dich zu mir gezogen aus lauter Güte. Ich will trösten und leiten auf ebenem Wege. Sie werden kommen und sich freuen über die Gaben des Herrn.«

»Das finde ich nett!«, gab Sponki zurück.

Aber er schien der Einzige zu sein, der das dachte. Denn die anderen Leute antworteten im Chor: »Amen!«

Schnell sagte er auch: »Amen!«

Schon wieder sollte gesungen werden.

Sponki fand das öde. »Können wir nicht etwas anderes machen?«, rief er in den Raum. »Zum Beispiel Kopfrechnen! Das kann ich hervorragend! Was ist zwölf mal dreizehn?«

Der Fahrer sah verärgert zu Sponki herüber. »Aber, aber, junge Dame!«, raunte er.

»*Aberbeber* heißt das!«, erwiderte Sponki.

Wieder presste ihm Frau Schultze ihre Hand vor den Mund. »Was ist nur mit dir los, Lotti? Sei um Himmels willen still!«

Die Leute begannen erneut zu singen, während der Fahrer sich am großen Tisch zu schaffen machte und dann die Treppe zur Kanzel erklomm.

Wenn Sponki vorher gewusst hätte, wie langweilig es im Glockenhaus zugeht, wäre er nicht mitgekommen. Hier konnte er ja gar nichts lernen. Missmutig schälte er sich aus seiner Bank. Charlottes Mutter wollte ihn noch am Kleid zurückhalten, aber sie erwischte ihn nicht rechtzeitig.

Sponki wanderte an den Reihen vorbei und schaute den Leuten beim Singen zu. Niemand nahm Notiz von ihm. Plötzlich entdeckte er an der Hinterseite des großen Raums ein kleines Treppenhaus. Mal sehen, wo es hier hingeht, dachte er und stieg die Stufen hinauf. Aha, dort wurde die Musik gemacht. Eine Frau saß an einem riesigen Klavier, nur hatte es drei Tastenreihen statt einer. Auf der Holzbank war noch Platz genug. Sponki wollte der Frau ein wenig beim Spielen zusehen. Er setzte sich neben sie. Dabei landeten seine Füße auf seltsam wackeligen Holzstangen. Kaum dass er sie berührte, riefen sie laute Brummtöne hervor.

»Lass das!«, herrschte ihn die Frau an. Da sie jedoch weiterspielen musste, konnte sie sich ihm nicht zuwenden.

Über den Tasten entdeckte Sponki viele kleine Schieber. Vorsichtig zog er an dem ersten, woraufhin die Musik fast doppelt so laut wurde.

Schnell drückte die Frau den Schieber zurück und sagte dabei etwas Unfreundliches.

Hier darf man aber auch gar nichts, dachte Sponki. Wie im Krankenhaus! Beim Verlassen der Holzbank trat er wieder auf die Stangen, erneut brummte es gewaltig. Vor Schreck rührte Sponki sich nicht vom Fleck, was zur Folge hatte, dass das tiefe Lärmen nicht mehr aufhörte. Es klang entsetzlich, zumal die Leute unten längst mit dem Lied fertig waren.

Plötzlich ging alles sehr schnell. Zwei Hände rissen ihn in die Höhe, das Brummen hörte schlagartig auf. Charlottes Vater hatte ihn unter den Armen hochgehoben und schleppte ihn durch das kleine Treppenhaus nach unten. Sie kehrten aber nicht in den großen Raum mit dem Fahrer zurück. Herr Schultze setzte ihn unsanft vor dem Seitenausgang ab und öffnete die Tür.

»Und jetzt raus!«, kommandierte er.

Sie standen auf einem Parkplatz.

»Kannst du mir bitte einmal erklären, was heute in dich gefahren ist?« Herr Schultze ging in die Knie, sodass sein Gesicht genau auf der Höhe von Sponkis war. Er schaute sehr, sehr ernst. »Gestern habe ich mit Frau Lieselang telefoniert. Sie hat auch den Eindruck, dass mit dir etwas nicht stimmt. Was hast du nur, Schatz?«

Sponki wusste nicht, was er antworten sollte, deshalb hielt er den Mund.

»Fehlt dir was?«, versuchte es Herr Schultze weiter. »Bist du krank?«

Außer einem Kopfschütteln war dem Mädchen nichts zu entlocken.

»Na komm«, sagte Charlottes Vater und streichelte Sponkis Kopf. »Wir beide gehen schon mal heim. Mama findet den Weg auch allein.«

Im Treppenhaus begegneten sie Ottos Eltern, die gerade einen Spaziergang machen wollten.

»Nanu, ist die Kirche schon aus?«, wollte Frau Wagner wissen.

»Nein, aber Charlotte fühlt sich heute nicht wohl«, erklärte Herr Schultze. »Sie ist so sonderbar!«

»Tja, die Kinder!«, lachte Herr Wagner. »Unser Otto leistet sich neuerdings auch die seltsamsten Launen! Stellen Sie sich nur vor, neulich hat er doch tatsächlich in seinem Zimmer gesessen und freiwillig lesen geübt. Eigentlich ja prima, dachte ich. Aber es war eine Weihnachtsgeschichte, die er sich dazu aus unserem Bücherschrank geholt hat.«

»Ist doch nicht schlimm!«, meinte Herr Schultze.

»Das nicht, nein«, mischte sich Frau Wagner ein. »Aber danach hat er die Zimmerpalme aus dem Wohnzimmer in sein Zimmer geschleppt und mit Christbaumkugeln und Lametta behängt. Er wollte allen Ernstes Weihnachten feiern.«

Die Erwachsenen lachten.

Sponki fand das überhaupt nicht komisch. Ihm hatte doch keiner gesagt, dass Weihnachten nur im Dezember stattfindet.

Die Kirche hatte ihn ganz schön durcheinander gebracht und er sehnte sich danach, endlich sein wohlverdientes Schläfchen in der Blauen Banane abhalten zu können. Wenn doch Charlotte endlich zurückkäme!

Die innere Stimme

Der Film *Erich und die Fahrraddiebe* war längst aus. Charlotte hatte sich kaputtgelacht. Das würde sie jetzt öfter machen – unsichtbar ins Kino gehen war klasse. Sie würde sich vielleicht sogar Filme anschauen, die erst ab zwölf zugelassen waren.

Auf dem Heimweg kam sie an der Kirche vorbei und sie wunderte sich, dass das Portal noch offen stand. Drinnen wurde gesprochen. Sie erkannte die Stimmen, es waren ihre Mutter und der Pfarrer. Die beiden saßen in der hintersten Bank.

»Es ist mir so peinlich, Herr Pfarrer. Sonst ist Charlotte wirklich das liebste Kind, das Sie sich vorstellen können!«

»Beruhigen Sie sich, liebe Frau Schultze. Es ist ja nichts Schlimmes passiert. Ich würde mich allerdings gern einmal mit Ihrer Tochter unter vier Augen unterhalten.«

»Ja, das wäre gut!«, sagte Frau Schultze. »Wir machen uns nämlich schon länger Sorgen um das Kind. Irgendetwas scheint sie zu belasten, aber uns sagt sie nichts. Vielleicht bekommen Sie ja etwas aus ihr heraus!«

Oje, dachte Charlotte. Was hat sich Sponki nur wieder geleistet? Sie hatte natürlich keine Lust, sich für irgendetwas zu entschuldigen, das sie gar nicht getan hatte. Außerdem wusste sie nicht einmal, worum es ging.

»Wenn Sie jetzt Zeit haben, kommen Sie doch einfach mit! Das Mittagessen ist schon fast fertig. Es braucht nur noch warm gemacht zu werden«, schlug Frau Schultze vor.

»Ich möchte Ihnen aber keine Umstände bereiten«, wandte der Pfarrer ein.

»Iwo, es würde uns freuen, wirklich!«

Charlotte erfasste Panik. Sie musste schnellstens nach Hause, um mit Sponki die Körper zu tauschen. Sie raste los. Hoffentlich würde sie noch rechtzeitig kommen! Hoffentlich! Aber nein! Niemand war da, der zufällig die Haustür öffnete und sie hineinließ. Sie zitterte am ganzen Leib. Oje, da kamen schon ihre Mutter und der Pfarrer! Es blieb ihr nichts anderes übrig, als mit ihnen gemeinsam hinaufzugehen.

Frau Schultze schloss die Wohnungstür auf und rief: »Schaut mal, was für hohen Besuch ich mitgebracht habe!«

Die Klospülung rauschte, Herr Schultze war also gerade im Badezimmer.

Sponki saß im Wohnzimmer vor dem Fernsehapparat. »Ah, der Fahrer!«, sagte er, stand auf und streckte seine Hand aus. »Was kann ich für Sie tun? Möchten Sie nicht ablegen?«

Der Pfarrer lächelte verlegen. »Ich würde mich gerne einen Moment mit dir unterhalten, Lotti.«

Die »echte«, also im Moment unsichtbare Charlotte zwängte sich dicht hinter Sponki und flüsterte ihm ins Ohr: »Antworte um Himmels willen immer nur, was ich dir sage! Das ist wichtig!«

Herr Schultze trat nun hinzu und schüttelte dem Pfarrer die Hand. »Was für eine Ehre!«, sagte er. »Legen Sie doch ab.«

Seine Frau erklärte ihm, dass der Pfarrer und Charlotte etwas zu besprechen hätten. Deshalb bat sie ihren Mann, mit ihr gemeinsam in der Küche das Mittagessen vorzubereiten und die beiden allein zu lassen. So geschah es auch.

»Du hast ja heute Morgen eine tolle Show abgezogen. Sag mal, was war denn los?«, begann der Pfarrer, als er mit Sponki im Wohnzimmer saß.

Charlotte flüsterte Sponki ins Ohr: »Ich kann nichts dafür. Es war eine innere Stimme!«

Sponki wiederholte das.

Der Pfarrer machte ein verblüfftes Gesicht. Er kratzte sich am Kinn und räusperte sich. »Willst du damit sagen, dass eine innere Stimme dich dazu aufgefordert hat, unsere arme Organistin aus dem Takt zu bringen und den Gottesdienst zu stören?« Besorgt sah er Sponki ins Gesicht.

Charlotte flüsterte: »Zaghaft nicken!«

Sponki wiederholte: »Zaghaft nicken.«

»Nicht sagen, du Trottel! Machen!«, zischte Charlotte.

Auch das wiederholte Sponki, denn er sollte doch immer das antworten, was Charlotte ihm einflüsterte. Hatte sie ja selbst gesagt!

Der Pfarrer wischte sich den Schweiß von der Stirn. Er wollte wissen, ob sie diese innere Stimme immer höre und was genau sie ihr dann sage.

Charlotte war verzweifelt. Jetzt gab es nur noch eine Möglichkeit, aus dieser unangenehmen Situation herauszukommen. Sie hastete zum Fenster und quäkte von dort aus: »Glauben Sie Lotti kein Wort! Sie hört gar keine innere Stimme.«

Der Pfarrer zuckte zusammen, sein Kopf schnellte herum. »Was … ähm … war da-da-das?«

Sponki blickte überhaupt nicht mehr durch. Ratlos zog er die Schultern hoch und presste die Lippen aufeinander.

»Nichts für ungut! Innere Stimmen gibt es doch gar nicht«, quäkte es vom Fenster. Wieder sauste der Kopf des Pfarrers herum. Seine Augen waren weit aufgerissen.

»Nicht böse sein, bitte. Ich kann doch auch nichts dafür«, sagte die quäkende Stimme.

Das war zu viel für den Pfarrer. Nach Luft schnappend stürzte er aus dem Zimmer, riss eilig seinen

Mantel von der Garderobe und verließ die Wohnung, ohne sich von Schultzes zu verabschieden.

Charlottes Mutter, die Geräusche aus dem Flur gehört hatte, kam aus der Küche. Der Pfarrer war doch zum Essen eingeladen. Wo wollte er denn so plötzlich hin? Sie steckte den Kopf ins Wohnzimmer und vernahm in diesem Moment einen leisen Pfiff.

»Würdest du mir bitte erklären, was hier vor sich geht?«, forderte sie ihre Tochter auf.

Charlotte war den Tränen nahe. Die Wahrheit konnte sie leider nicht sagen. Also musste sie sich eine Notlüge ausdenken. »Er hat gesagt, er habe gerade eine innere Stimme vernommen. Die wollte, dass er sofort nach Hause gehe. Es sei sehr eilig. Euch soll ich aber nett grüßen und ausrichten, er komme ein andermal vorbei.«

Frau Schultze kam das zwar schleierhaft vor, aber eine bessere Erklärung gab es schließlich nicht. Sie kehrte zurück in die Küche, wo ihr Mann gerade den Tisch deckte.

Charlotte ließ Sponki erleichtert hinaus.

Post für den Schriftsteller

Es vergingen mehrere Tage, an denen nichts Aufregendes geschah. Sponki nahm regelmäßig am Unterricht teil, mal als Otto, mal als Charlotte. Damit es nicht zu Peinlichkeiten kam, stand der jeweils Unsichtbare ganz dicht hinter ihm und flüsterte ihm ein, was er zu sagen hatte. Bald zeigte sich, dass das gar nicht mehr nötig war. Denn Sponki begriff alles, was Frau Lieselang erklärte, rasch. Schneller als jeder andere in der Klasse.

Und so kam es, dass die Lehrerin beim Elternsprechtag Frau Wagner besonders herzlich begrüßte. Zufrieden teilte sie ihr mit, wie hervorragend sich Otto in letzter Zeit entwickelt habe. Vermutlich bekomme er im Zeugnis in allen Fächern eine glatte Zwei, in Rechtschreibung sogar eine Eins.

Da war aber noch immer das Problem Christian.

Sponki brannte darauf, ihn zu besuchen. Dazu brauchte er Ottos Körper. Aber Otto hatte entweder keine Zeit oder durfte nicht von zu Hause weg.

Charlotte kam schließlich auf die rettende Idee: Ihr Blockflötenlehrer wohnte nicht weit vom Krankenhaus entfernt. Für sie wäre es ein Klacks, nach der Stunde einen kleinen Abstecher zu machen und Christian zu besuchen. Dann könnte sie ihm ja einen Brief von Sponki überbringen!

Ein Brief! Der kleine Ulli war begeistert. Er hatte sich immer schon gefragt, warum es eigentlich so wichtig sein sollte, schreiben zu können. Schließlich war er früher bestens ohne ausgekommen. Aber jetzt merkte er, wie praktisch es war, wenn man das, was man dachte, einfach zu Papier bringen konnte.

Da er in letzter Zeit meistens für Otto die Hausaufgaben machte, hatte er alles, was er für seinen Brief brauchte: Papier und Füller. Und so setzte er sich also noch am selben Nachmittag hin. Während der unsichtbare Otto im Kino einen Abenteuerfilm anschaute – auf die Idee hatte ihn Charlotte gebracht –, füllte Sponki Blatt für Blatt in seiner schönsten Schrift. Riesengroß war seine Lust, alles, was er erlebt hatte, niederzuschreiben. Auch das, was er Christian schon im Krankenhaus erzählt hatte. Vielleicht würde er ihm doch noch glauben, vielleicht auch nicht. Zumindest aber würde er sich darüber freuen, dass Sponki so wunderbar und fehlerfrei schreiben konnte. Schließlich verdankte er das ja ihm. Bald zeigte sich, dass der Briefblock nicht ausreichte, also riss Sponki Seiten aus Ottos Matheheft. Als auch die voll geschrieben waren, kam das Schreibheft dran.

Kurz bevor Herr Wagner von der Arbeit nach Hause kam und ahnungslos den unsichtbaren Otto in die Wohnung schlüpfen ließ, hatte Sponki seinen Brief fertig. Jetzt fehlte nur noch ein großer Umschlag. Otto flüsterte ihm zu, wo er einen finden konnte. Noch ehe sie zurücktauschten, hatte Sponki den Brief zugeklebt. Was er geschrieben hatte, sollte nämlich vorerst ein Geheimnis bleiben – zwischen ihm und Christian.

Zwei Tage später war es so weit: Sponki führte Charlotte zum Zimmer des Schriftstellers. Doch was für eine Enttäuschung: Da lag jemand anders im Bett!

Auf Sponkis Flehen hin erkundigte sich Charlotte bei der Oberschwester. Die erinnerte sich, dass Christian Oelemann am Vortag entlassen worden war. Charlotte bat um die Adresse. Es stellte sich aber heraus, dass er in einer ganz anderen Stadt wohnte.

Sponki war sehr traurig. Er fürchtete schon, er hätte all die Seiten umsonst geschrieben.

Charlotte konnte ihn jedoch trösten. »Zu Hause klebe ich einfach Marken drauf und dann schicken wir den Brief mit der Post.«

»Post?« Davon hatte Sponki noch nie etwas gehört. Wie schön, dass er wieder einmal etwas lernen konnte!

Charlotte erklärte ihm auch alles aufs Genauste und einige Passanten wunderten sich über das Mädchen, das Selbstgespräche über gelbe Autos führte.

Badeverbot!

Die Sonne schien vom wolkenlosen Himmel herab und es war schon um neun Uhr morgens sehr warm. Was für ein Glück, dass Feiertag war – schulfrei also!

Britta klingelte bei Schultzes, um ihre Freundin Charlotte abzuholen. Sie hatten sich für halb elf zum Schwimmen verabredet. Aber bei dem tollen Wetter sollte man ruhig etwas früher los, fand Britta.

Sponki hatte am Vorabend ein Versprechen eingelöst und Charlotte durfte die Nacht in der Blauen Banane verbringen. Darauf war sie sehr stolz. Denn Otto wollte das auch schon lange, aber ihm hatte es Sponki nicht erlaubt. Und wie es eben so ist, wenn man in einer Blauen Banane übernachtet: Charlotte konnte zunächst nicht einschlafen und lag lange wach. Dann aber sank sie in einen so tiefen Schlummer, dass sie nicht rechtzeitig zum Frühstück wieder zu Hause war.

Sponki machte sich gerade über sein siebtes Nutellabrötchen her, sehr zur Verwunderung von Charlottes Eltern. Sonst mussten sie ihre Tochter immer ermahnen überhaupt etwas zu essen.

Da klingelte es.

»Lotti, Britta steht unten!«, verkündete Frau Schultze, die den Türöffner drückte.

»Wer ist das noch gleich?«, fragte Sponki sich halblaut und Herr Schultze schüttelte ratlos den Kopf.

»Na los, lass deine Freundin nicht so lange warten!«, ermahnte Frau Schultze ihre Tochter. »Zack, zack, pack deine Schwimmsachen!«

Das war leichter gesagt als getan. Sponki hatte keine Ahnung, was Schwimmsachen sein sollten, geschweige denn, wo sie sich befanden.

»Tust du mir einen Gefallen?«, bettelte er deshalb listig. »Packst du sie mir? Ich muss noch aufs Klo.«

Zwei Minuten später drückte ihm Charlottes Mutter einen Beutel in die Hand. Darin befanden sich Handtücher, ein Badeanzug und ein Kamm.

Komische Schwimmsachen, dachte Sponki.

»Hast du auch Geld für den Eintritt mit?«, fragte Herr Schultze.

»Brauche ich denn welches?«, wollte Sponki wissen.

Wieder schüttelte Charlottes Vater verständnislos den Kopf, während er sein Portmonee öffnete und einen Fünfeuroschein herausnahm. »Du tust gerade so, als würdest du zum ersten Mal ins *Schwimmparadies* gehen!«

Britta begrüßte ihre Freundin mit einem fröhlichen Hallo und schlug vor, den Bus zu nehmen.

»Au fein!«, frohlockte Sponki. »Das wollte ich immer schon mal.«

Britta stutzte: »Wie meinst du das? Letztes Mal sind wir doch auch mit dem Bus gefahren …«

»Ach so …« Sponki hüstelte. »Wo ist denn so ein Bus?«

»Ich glaube, du willst mich auf den Arm nehmen!«, lachte Britta. »Komm, lass uns rennen, dann kriegen wir noch den 55er!«

Im *Schwimmparadies* war noch nicht viel los. Sponki schaute sich fasziniert um.

»Am besten, wir duschen sofort!«, schlug Britta vor.

»Müssen wir uns nicht zuerst umziehen?«, wandte Sponki ein.

»Natürlich. Komm, wir teilen uns eine Umkleidekabine!«, kommandierte Britta.

Fünf Minuten später teilten sie sich auch eine

ziemlich kalte Dusche, die Sponki nicht sehr angenehm fand.

»Und jetzt?«

»Schwimmen, was denn sonst?« Britta sah Sponki argwöhnisch an. Sie vermutete natürlich, sie würde veräppelt. Immerhin hatten Charlotte und sie zusammen vor über einem Jahr das goldene Abzeichen gemacht. Ohne sich noch einmal nach Sponki umzudrehen, hielt sie sich die Nase zu und sprang vom Beckenrand ins Wasser. Sie tauchte wieder auf und schwamm mit kräftigen Zügen in Richtung Mitte.

Sponki beobachtete jede ihrer Bewegungen genauestens. Dann machte er ihr alles nach. Zumindest versuchte er es. Schon mal gut, dass er nicht unterging. Das war seine größte Sorge gewesen. Allerdings konnte er so viel mit den Armen rudern, wie er wollte, er kam nicht vorwärts. Im Gegenteil, es drückte ihn mit jedem Zug gegen den Beckenrand.

Na, wenn das so ist, dachte er und drehte sich um. Ja! Jetzt klappte es, rückwärts konnte er genauso spielend durch das Schwimmbecken gleiten, wie Britta und die anderen Menschen es vorwärts beherrschten. Weil man an den Füßen jedoch keine Augen hat, sah Sponki natürlich nicht, wohin er schwamm. So passierte es, dass er andere Schwimmer, die in Ruhe ihre Bahnen ziehen wollten, störte. Einem alten Mann trat er sogar die Badekappe von seiner Glatze.

Kinder, die Sponki vom Rand aus beobachtet hatten, staunten nicht schlecht. Es sah aus, wie wenn man einen Film rückwärts laufen lässt. »Guckt nur, die da!«, hörte man von überall her.

Immer mehr Schaulustige kamen herbei.

Sponki schwamm und schwamm, achtete auf nichts und fühlte sich wohl. Ganz im Gegensatz zu denen, die sich in seiner Nähe aufhielten und ihm ausweichen mussten. Nach wenigen Minuten waren nur noch Britta und er im Wasser.

Erst jetzt merkte Britta, was los war. »He, Charlotte! Bist du bekloppt? Du schwimmst ... aber das geht doch gar nicht!« Britta traute ebenso wie alle anderen ihren Augen nicht. »Charlotte! Man kann doch nicht rückwärts ...«

»Siehst du doch, dass man kann!«, rief Sponki. Beinahe hätte er dabei Wasser geschluckt.

Britta versuchte probeweise ebenfalls rückwärts zu schwimmen. Es klappte natürlich nicht. Und einige Kinder, die staunend am Beckenrand standen, führten in der Luft Trockenübungen aus. Sie wollten herausbekommen, wie dieses Mädchen das wohl hinkriegte.

Von der allgemeinen Unruhe herbeigelockt, stand plötzlich der Bademeister neben dem Treppchen und blies schrill in seine Trillerpfeife. »Hey! Komm sofort heraus!«, schnauzte der Mann in Weiß.

»Okay, Herr Doktor!«, rief Sponki zurück.

Mein Gott, war das Britta peinlich! Schnell schaute sie in eine andere Richtung und tat so, als ob sie das Mädchen, das rückwärts schwamm, nicht kennen würde.

»Siehst du nicht, dass du die anderen Gäste belästigst? Hiermit erteile ich dir Badeverbot!«, meckerte der Bademeister Sponki an, als der schlotternd vor ihm stand.

»Jetzt habe ich sowieso keine Lust mehr«, entgegnete Sponki beleidigt und hielt nach Britta Ausschau.

In dem Moment sprach ihn jemand von hinten an: »Hi, Süße!« Ottos Feind war es, dem er neulich das Fürchten gelehrt hatte – Kai Talberger. »Nicht schlecht, deine Vorstellung!«, lobte Kai. »Aber willst du mal sehen, was ich draufhabe?«

»Wo drauf?«, wollte Sponki wissen, denn auf dem Kopf des Jungen war nichts zu entdecken außer nassen Haaren.

»Pass mal gut auf!«, befahl der Kerl. Mit stolzgeschwellter Brust marschierte er auf die Leiter des Dreimeterbretts zu. Stufe für Stufe stieg er hinauf, ohne das Mädchen aus den Augen zu lassen. Oben angekommen, atmete er dreimal tief durch, nahm Anlauf und federte vom Brett. Er vollführte einen prächtigen Doppelsalto in der Luft, ehe er mit einem steilen Kopfsprung ins Wasser tauchte, ohne auch nur einen Spritzer zu verursachen.

Einige, auch Britta, klatschten begeistert Beifall.

Sponki aber zuckte nur die Achseln. Kaum stand der Junge wieder neben ihm, sagte er: »War das alles?«

»Na, hör mal!«, entrüstete sich der Springer. »Ich kenne keinen außer mir, der das kann! Du traust dich doch bestimmt nicht einmal, überhaupt vom Dreier zu springen!«

Einen kurzen Moment überlegte Sponki, ob er dem Kerl das Gegenteil beweisen sollte. Es gab eigentlich gar nichts, was er sich nicht traute. Dann aber entschied er sich für eine andere Taktik, um den lästigen Kerl loszuwerden.

»Ich kann zweistellige Zahlen im Kopf multiplizieren, kenne die Hauptstädte von 33 Ländern und lese ein Buch mit 333 Seiten an einem Nachmittag! Noch Fragen?« Mit diesen Worten ließ er den Angeber stehen, dem vor Verblüffung der Mund offen blieb.

Unterdessen waren die meisten Schwimmer ins Wasser zurückgekehrt und übten. Was sie übten? Dreimal darf geraten werden: Rückwärtsschwimmen natürlich!

Als Charlotte im *Schwimmparadies* eintraf, ging es bereits auf Mittag zu. Zu ihrer Überraschung saß Britta mit Ottos Feind Kai Talberger in der Cafeteria. Sie aßen Pommes frites.

Von Sponki war weit und breit keine Spur. Mist! Ob sie sich verpasst hatten?

Nein. Sponki hatte tatsächlich auf Charlotte gewartet und sich deshalb in die Nähe des Sprungturms gestellt. Dort würde sie ihn sofort sehen, nahm er an. Und wie Sponki so dastand, fiel sein Blick durch das riesige Fenster des Hallenbades auf einen Spielplatz. Ein junger Mann war dabei, seinem Söhnchen das Fahrradfahren beizubringen. Der kleine Kerl eierte mit seinem Minibike zwischen Sandkasten und Schaukel umher und drohte immer wieder umzukippen. Aber dann griff jedes Mal die helfende Hand seines Vaters zu und hielt ihn fest.

In diesem Moment überkam Sponki eine Traurigkeit, wie er sie noch nie gespürt hatte. Nicht etwa, weil er selbst auch noch nicht Fahrrad fahren konnte, nein. Sponki musste auf einmal an seine Mutter und seinen Vater denken. Was sie wohl die ganze Zeit ohne ihn machten? Bestimmt vermissten sie ihn. Bestimmt warteten sie sehnsüchtig darauf, dass er zum Ulysius zurückkehrte. Und Sponki beschloss sich so bald wie möglich von Otto und Charlotte zu verabschieden. Immerhin hatte er den Auftrag der Königin doch längst erfüllt und die drei Wochen waren jetzt auch schon bald um. Er wusste, wie die Menschen miteinander umgingen, konnte ausgezeichnet lesen und schreiben, rechnen sowieso. Selbst schwimmen konnte er, wenn auch nur rückwärts. Und Fahrrad fahren? Auf dem Ulysius gibt es ja eh keine Fahrräder, machte er sich bewusst.

Wozu soll ich es dann eigentlich lernen? Sponkis Entschluss reifte.

Allerdings hatte er seine beiden Freunde auf der Erde mittlerweile auch lieb gewonnen. Wenn es nach ihm gegangen wäre, würde er sie mitnehmen. Aber das ging ja nicht. Deshalb war er sehr traurig.

»He! Was ist denn mit dir los? Was machst du denn für ein Gesicht?«, quäkte es plötzlich neben ihm. Charlotte hatte bereits das ganze Schwimmbad nach ihrem Körper abgesucht und ihn endlich gefunden.

»Ach, nichts!«, antwortete Sponki. »Komm, wir gehen zur Umkleide und tauschen zurück.«

Das war Charlotte mehr als recht, denn sie wollte endlich ins Wasser.

Beherzt zog Sponki den Vorhang der Kabine auf, in der er sich vor einer guten Stunde mit Britta umgezogen hatte. Konnte er doch nicht wissen, dass sie nicht für ihn reserviert geblieben war. Drinnen stand, in Büstenhalter und Unterhose, eine Frau, die sich verständlicherweise fürchterlich erschreckte.

Noch mehr jedoch erschrak Charlotte und während Sponki »Schön, dass Sie hier sind! Möchten Sie nicht ablegen?« stammelte, entfuhr ihr spontan ein gequäktes »Oje! Die Brubeck!«.

Entsetzt starrte die Sekretärin Sponki an, schrie schrill wie eine Möwe und zog den Vorhang zu.

»Dumm gelaufen, tut mir Leid!«, entschuldigte sich Sponki.

Das fand Charlotte allerdings auch. Herrje, war das peinlich! Tränen kullerten aus ihren Augen. Um keinen Preis wollte sie nun noch im *Schwimmparadies* bleiben und Frau Brubeck begegnen. Dass sie ohnehin Badeverbot hatte, wusste sie ja noch gar nicht.

Der Abschied naht

Auf dem Heimweg schwiegen die beiden, jeder aus einem anderen Grund. Charlotte machte sich Sorgen wegen der Sekretärin. Die würde sich bestimmt wieder bei Frau Lieselang beschweren, und das gäbe Ärger! Sponki hingegen saß ein Kloß im Hals. Wie sollte er es seinen Freunden beibringen, dass seine Zeit auf der Erde nun allmählich um war?

Erst im Treppenhaus, wo es übrigens ganz wunderbar nach Apfelpfannkuchen duftete, nahm er sich ein Herz und quäkte: »Klingel doch bitte eben noch bei Otto. Ich möchte euch beiden etwas mitteilen.«

Als Charlotte das hörte, ahnte sie bereits, was auf sie zukommen würde. Immer wieder mal hatte sie daran gedacht, dass Sponki ganz zu Beginn ihrer Freundschaft von drei Wochen gesprochen hatte.

Es war ihr aber jedes Mal gelungen, diesen Gedanken schnell zu verscheuchen. »Du willst zurück zum Ulysius, stimmt's?«, flüsterte sie, während sie darauf warteten, dass jemand bei Wagners die Tür öffnete.

Otto selbst machte ihnen auf. Es traf sich gut, seine Eltern wuschen gerade im Garagenhof das Auto. »Komm rein!«, begrüßte er Charlotte.

Aus dem Wohnzimmer waren Stimmen aus einem Zeichentrickfilm zu hören.

»Sponki ist auch da«, entgegnete Charlotte. »Er möchte uns was sagen!«

»Was denn?«, wollte Otto wissen. »Doch hoffentlich nichts Schlimmes?«

»Nun schieß schon los!«, forderte Charlotte den unsichtbaren Ulli auf. »Mach's nicht so spannend, bitte!«

Sie nahmen im Wohnzimmer Platz. Otto griff nach der Fernbedienung knipste damit schnell den Fernseher aus.

»Nichts Schlimmes«, begann Sponki nun, nachdem er sich mindestens dreimal geräuspert hatte. »Ich muss nach Hause. Meine drei Wochen sind um. Ich wollte euch ganz herzlich danken. Ihr ward sehr lieb zu mir. Ohne euch wäre ich bestimmt aufgeschmissen gewesen!«

Was sollten Otto und Charlotte darauf schon erwidern? Beide wussten ja genau, dass sie ihren Freund nicht würden umstimmen können. Sie seufzten, kratzten sich am Kopf, kämpften gegen die Tränen.

»Du kommst doch mal wieder, oder?« Otto war es, der zuerst die Sprache wiedergefunden hatte. »Bitte versprich es!«

»Versprechen kann ich es nicht«, quäkte Sponki, dem ebenfalls zum Heulen zumute war. »Aber ich werde die ulysische Königin darum bitten, dass sie mich lässt. Das verspreche ich!«

»Okay!«, seufzte Charlotte. »Wann willst du denn los?«

»Jetzt gleich«, antwortete Sponki. »Ich hätte da vorher aber noch eine Bitte.«

Was das für eine Bitte war? Der kleine Ulli wollte sowohl Charlotte als auch Otto zum Abschied kräftig drücken. Damit jedoch eine Umarmung möglich war, wollte er noch einmal mit beiden die Körper tauschen. Viermal erklang also das Aberbeberbiberböberbüber.

Wenn jemand dabei gewesen wäre, hätte er zweimal nacheinander beobachten können, wie Charlotte Otto und dann Otto Charlotte in den Arm nahm. Eine schöne Szene, finde ich.

Die beiden Freunde wollten Sponki gern zur Turnhalle begleiten. Aber der unsichtbare Ulli fand es besser, allein dort hinzugehen. Er bat lediglich, dass sie ihm die Haustür öffneten.

Drei werden Freunde

Zugegeben, ich war damals ein wenig enttäuscht von Otto gewesen. Drei lange Wochen hatte ich wegen meiner Magengeschwüre im Krankenhaus gelegen. Die eine Nacht, in der ich dem wissbegierigen und phantasievollen Jungen lesen und schreiben beibrachte, war der einzige Lichtblick in dieser Zeit gewesen. Otto hatte versprochen mich wieder zu besuchen, sein Versprechen jedoch nicht eingelöst.

»Siehst du«, sagte ich mir. »Wahrscheinlich bist du für ihn doch nur ein alter Knacker. Schade!«

Dann aber erreichte mich der Brief. Der Absender lautete: *Sponki – zurzeit auf der Erde.*

Das machte mich natürlich neugierig. Ich riss den Umschlag auf und hielt 16 Blätter in der Hand, beidseitig beschrieben. Es handelte sich um die verrückte Geschichte, die mir der Junge schon im

Krankenhaus aufgetischt hatte, nur noch viel ausführlicher erzählt. Ich gebe zu, ich zweifelte immer noch, ob mich der kleine Kerl nicht zum Narren halten wollte. »Aber sei's drum«, sagte ich mir und ich verabredete mich mit Charlotte Schultze und Otto Wagner.

Die Geschichte stimmte also. Die beiden waren froh, endlich einen Menschen gefunden zu haben, mit dem sie offen über Sponki reden konnten. Wir drei sind nun gute Freunde geworden. Einmal im Monat treffen wir uns und unternehmen etwas.

Charlotte war es übrigens, die mich beim letzten Mal auf die Idee brachte, Sponkis Erlebnisse zu Papier zu bringen. Immerhin sei ich doch Schriftsteller, meinte sie. Sieben Tage und Nächte habe ich geschrieben und da ist nun die Geschichte von Sponki und fängt so an:

Genau an dem Tag, als bei uns auf der Erde die Osterferien begannen, läutete die Königin des Ulysius die große Glocke. Wenn sie das tut, müssen alle Bewohner dieses fernen Planeten zusammenkommen. Und zwar zack, zack. Vor der Königin des Ulysius haben nämlich alle mächtig Respekt. War das ein Gewusel dort oben! Jeder ließ, was er gerade in der Hand hatte, einfach fallen und rannte zum großen Versammlungsplatz vor dem Palast ...

Wie es weitergeht, wisst ihr ja. Schade natürlich, dass ich nicht von Sponkis Rückkehr auf den Ulysius berichten kann. Zu gerne hätte ich gewusst, ob nun alle Ullis lesen und schreiben können, ob unser Freund sich jetzt Professor nennt und wie viel Gold er von der Königin zum Dank erhalten hat.

Charlotte, Otto und mir bleibt nichts anderes übrig, als zu hoffen, dass Sponki bald mal wieder auf der Erde vorbeischaut und uns davon erzählt.

Krankenhaus aufgetischt hatte, nur noch viel ausführlicher erzählt. Ich gebe zu, ich zweifelte immer noch, ob mich der kleine Kerl nicht zum Narren halten wollte. »Aber sei's drum«, sagte ich mir und ich verabredete mich mit Charlotte Schultze und Otto Wagner.

Die Geschichte stimmte also. Die beiden waren froh, endlich einen Menschen gefunden zu haben, mit dem sie offen über Sponki reden konnten. Wir drei sind nun gute Freunde geworden. Einmal im Monat treffen wir uns und unternehmen etwas.

Charlotte war es übrigens, die mich beim letzten Mal auf die Idee brachte, Sponkis Erlebnisse zu Papier zu bringen. Immerhin sei ich doch Schriftsteller, meinte sie. Sieben Tage und Nächte habe ich geschrieben und da ist nun die Geschichte von Sponki und fängt so an:

Genau an dem Tag, als bei uns auf der Erde die Osterferien begannen, läutete die Königin des Ulysius die große Glocke. Wenn sie das tut, müssen alle Bewohner dieses fernen Planeten zusammenkommen. Und zwar zack, zack. Vor der Königin des Ulysius haben nämlich alle mächtig Respekt. War das ein Gewusel dort oben! Jeder ließ, was er gerade in der Hand hatte, einfach fallen und rannte zum großen Versammlungsplatz vor dem Palast …

Wie es weitergeht, wisst ihr ja. Schade natürlich, dass ich nicht von Sponkis Rückkehr auf den Ulysius berichten kann. Zu gerne hätte ich gewusst, ob nun alle Ullis lesen und schreiben können, ob unser Freund sich jetzt Professor nennt und wie viel Gold er von der Königin zum Dank erhalten hat.

Charlotte, Otto und mir bleibt nichts anderes übrig, als zu hoffen, dass Sponki bald mal wieder auf der Erde vorbeischaut und uns davon erzählt.